Olga Grjasnowa

JULI, AUGUST, SEPTEMBER

Roman
Hanser Berlin

1. Auflage 2024

ISBN 978-3-446-28169-1
© 2024 Hanser Berlin in der
Carl Hanser Verlag GmbH & Co. KG, München
Wir behalten uns auch eine Nutzung des Werks für Zwecke
des Text und Data Mining nach § 44b UrhG ausdrücklich vor.
Umschlaggestaltung: Anzinger und Rasp, München
Motiv: © Marcus Nilsson / Gallery Stock
Satz: Sandra Hacke, Dachau
Druck und Bindung: GGP Media GmbH, Pößneck
Printed in Germany

JULI

Rosa übernachtete bei einer Freundin aus dem Kindergarten. Es war das erste Mal, dass sie woanders schlief, weswegen ich nicht glaubte, dass es funktionieren würde, also wartete ich. Ich legte die Wäsche zusammen, schaltete den Fernseher erst ein und dann wieder aus und schaute immer wieder aufs Handy. Da gegen zehn Uhr immer noch keine Nachricht gekommen war, beschloss ich, ins Bett zu gehen.

Als ich meine in Tränen aufgelöste Tochter eine Stunde später abholte, versicherte mir die andere Mutter, dass nichts passiert sei, Rosa hätte mich bloß vermisst. Nur hatte sie angefangen, noch heftiger zu weinen, sobald sie mich sah. Es hatte lange gedauert, bis ich es geschafft hatte, sie unter den missbilligenden Blicken der anderen Mutter zu beruhigen. Sie schlief im Taxi ein, das Gesicht voller Tränenschlieren.

Am nächsten Morgen, auf dem Weg zum Kindergarten, erzählte mir Rosa, dass sie bei ihrer Freundin ein Buch von Adolf Hitler gelesen habe. Rosa sagte immer lesen, wenn sie vorlesen meinte. Ich vermutete, dass es ein Bilderbuch über das Leben von Anne Frank war – ich hatte es am Vorabend in der Wohnung liegen sehen und mich bemüht, nicht die Augen zu verdrehen. Es war eines jener Bilderbücher, die das Leben berühmter Personen auf ein paar Sätze herunterbrachen und die mich an die sowjetische Reihe *Das Leben berühmter Menschen* erinnerten, die meine Mutter geliebt hatte. Die Reihe war längst vergriffen, aber meine Tante hatte noch ein paar Exemplare aufbewahrt, in denen ich manchmal als Kind geblättert hatte. Statt mir zu antworten, kniff Rosa ihre Augen zusammen und erzählte mir das Buch nach.

Meine Tochter, die nach ihrer Urgroßmutter, einer Holocaustüberlebenden, benannt war, wusste bis dahin nichts über

Anne Frank oder die Shoah. Offenbar hatte sie die Sache mit Adolf Hitler in dem Buch falsch interpretiert, und jetzt standen wir mitten in Berlin, ausgerechnet in der Nähe des Axel-Springer-Hochhauses. Der Himmel war wolkenverhangen, zwischen den Hochhäusern wehte ein rauer Wind, und aus Rosa sprudelte es nur so heraus. Was sie sagte, war im Prinzip richtig, außer dass sie dachte, Adolf Hitler hätte das Buch geschrieben. Außerdem dachte sie, er hätte etwas gegen Jungen, nicht Juden, gehabt. Jüdisch sei sie selbst übrigens nicht, denn sie glaube nicht an Gott. Rosa wusste natürlich, dass sie jüdisch war, sie wusste nur nicht, wie viele Menschen aus diesem Grund ermordet worden waren, und ich hoffte, dass es noch eine Weile lang so bleiben könnte. Zu Hause hatten wir eine Chanukkia, den neunarmigen Leuchter, dessen Kerzen an Chanukka angezündet werden. Doch die Kerzen auch am Schabbat rauszuholen, war uns bereits zu viel Aufwand. Die anderen hohen Feiertage begingen wir auch irgendwie, allerdings niemals in der Synagoge.

Rosa plapperte weiter fröhlich vor sich hin, ich hingegen wurde immer stiller. Als wir ankamen, schaute uns die Kindergärtnerin neugierig an, und ich versuchte, mich so schnell wie möglich zu verabschieden.

Ich fuhr zu einer Buchhandlung, die eher einem durchgestylten Café als einem Geschäft glich, und fand das Buch sofort: Anne Frank sah aus wie eine Mischung aus einer Manga-Figur und einer stilisierten Audrey-Hepburn-Postkarte. Die Prosa war unterkomplex und konnte nicht einmal eine vage Vorstellung vom Holocaust vermitteln. Sofern man als Elternteil den Wunsch verspürte, es zu tun. Das KZ kam nur am Rande vor und hätte auch ein Sanatorium sein können. Ich hatte das ganze Buch im Laden durchgelesen und stand nun fassungslos vor dem Bücherregal. Die Buchhändlerin wurde ungeduldig. Sie hatte einen kurzen Pony, flachsblondes dünnes Haar und eine sehr große dunkle Hornbrille. Ich versuchte, vertrauenerweckend zu wirken, aber das Gesicht der Buchhändlerin spiegelte deutlich ihre wachsende Besorgnis. Als sie sich mir näherte, verließ ich den Laden.

Am Abend, nachdem ich Rosa ins Bett gebracht hatte, fragte ich Sergej, was er zu tun gedenke und ob Rosa irgendeine Identität brauche, aber er schenkte sich lediglich ein Glas Wein ein und ging zurück zu seinem Flügel. Nachdem er sich hingesetzt hatte, drehte er sich noch einmal zu mir um und sagte: »Juden haben keine Wurzeln, Juden haben Beine«, lachte, prostete mir zu und wandte sich wieder von mir ab. In diesem Augenblick verfluchte ich ihn und seinen Steinway-Flügel. Sobald er dahinter saß, war er nicht mehr ansprechbar, und da er ja der Künstler war, hatte ich still zu sein. Er studierte ein neues Programm ein.

»Serescha, so geht es nicht weiter«, sagte ich zu mir selbst und goss mir ebenfalls ein Glas Wein ein. Das Glas wurde zu voll, ich nahm einen großen Schluck. Es war seine Wohnung, die er kurz vor unserer Hochzeit gekauft hatte – gerade noch rechtzeitig. Vier Zimmer innerhalb des S-Bahn-Rings, Altbau, große Flügeltüren, genug Platz, um glücklich sein zu müssen, dazu Nachbarn, die wegen eines Konzertpianisten nicht gleich das Ordnungsamt riefen, selbst wenn der für sie nach Jahrzehnten im Westen noch immer ein Russe war. Dennoch hatten wir inzwischen das Übungszimmer schalldicht isoliert. Ich setzte mich auf die Klavierbank neben ihn und legte meinen Kopf auf seine Schulter. Er küsste mich, ohne sein Spiel zu unterbrechen.

Wir blieben eine Weile nebeneinander sitzen. Dann sagte er: »Lou, ich muss üben.« Eigentlich heiße ich Ludmilla, aber dieser Name existiert nur noch auf Formularen, wobei ich mich glücklich schätzen kann, dass er bei der Einreise nach Deutschland nicht völlig verstümmelt wurde. Sergej war derjenige, der Ljuda, meinen Kosenamen, zu Lou abkürzte, was mir gefiel, denn so hatte er nichts mit mir zu tun und gab mir eine neue Identität.

Sergej hatte noch nie etwas anderes in seinem Leben getan, als zu spielen. Seine Mutter hatte ihn im Alter von vier Jahren ans Klavier gesetzt, und dabei war er geblieben. Sie war selbst eine ausgebildete Konzertpianistin, aber keine erfolgreiche. Seit ihrem Abschluss hatte sie kein einziges Konzert gespielt. Obwohl sie drei Kinder hat, war Sergej der Einzige, der von ihr unterrichtet und konsequent zum Üben gezwungen wurde. Einmal fragte ich sie, weshalb ihre Wahl ausgerechnet auf ihn gefallen war, aber sie starrte mich lediglich an, zog an ihrer Zigarette, obwohl ich sie gebeten hatte, sie nicht in meiner Küche zu rauchen, und sagte: »Und warum hast du dich für ihn entschieden?«

Ich hatte ihr nicht geantwortet, war nur aufgestanden und hatte das Fenster sperrangelweit geöffnet. Es war Dezember. Ekaterina hatte jedoch Recht: Es gab kaum jemanden, der eine solch konstante Leistung lieferte wie er. Geboren in Moskau, Schüler am dortigen Konservatorium, später Studium an der Julliard School mit einem Vollstipendium, Teilnahme am Chopin-Wettbewerb in Warschau, erster Platz mit fünfundzwanzig. Es folgten Konzerte in Asien, Europa und Nordamerika, Ruhm und Druck, dem Sergej immer standhielt. Er erhob nie die Stimme, wurde selten nervös, trank ausschließlich Weißwein oder Champagner und selbst das mehr oder weniger kontrolliert. Er war wie eine Maschine. Der Traum eines jeden Managers und Veranstalters.

Seine Mutter war meistens an seiner Seite und passte auf, dass ihm nichts passierte. Nur bei unserem Kennenlernen sei sie kurz abgelenkt gewesen, scherzte sie gerne. Ekaterina wohnte fußläufig und kam ständig bei uns vorbei, natürlich unangemeldet. Dann erwartete sie von mir, dass ich ihr Tee zubereitete, während sie mit Sergej sein Repertoire, die neuesten Rezensionen, seine Managerin, Rosa und mich durchsprach. Vor allem mich – naturgemäß war unser Verhältnis etwas angespannt –, denn sie machte keinen Hehl aus der Ansicht, dass ich für ihren Sohn nicht annähernd gut genug sei. Doch Sergej hatte sich in mich verliebt. Vielleicht lag es daran, dass ich wie eine Schickse aussah, aber keine war. Die Geburtsurkunde meiner Mutter, in der die Nationalität als jüdisch vermerkt war, war jedenfalls in Ordnung, zumindest ordentlicher als die der meisten jüdischen Sowjet-Bürger. Sowie derer, die ihre Papiere in der Sowjetunion *korrigiert* hatten, um bessere Chancen im Leben zu haben, etwa um zu promovieren oder bestimmte Fächer studieren zu dürfen. Manche bestachen nach dem Zusammenbruch des Imperiums die Rabbiner, um als Juden ausreisen zu können. Andere wiederum waren zwar jüdisch, aber ihre Papiere, die in den Synagogen ausgestellt worden waren, wurden vom sowjetischen Regime kurz vor dessen Kollaps eingezogen und gegen neue ausgetauscht, die absichtlich wie Fälschungen aussahen. Meiner Mutter war nichts dergleichen passiert, und so hatten weder das orthodoxe Rabbinat in Israel noch meine Schwiegermutter etwas zu beanstanden. Sie insistierte allerdings auf einem Ehevertrag.

Ich beschloss, Sergej üben zu lassen, zog mich um und ging zurück in Rosas Zimmer. Ich setzte mich auf den Boden neben ihr kleines Bett und hörte ihrem regelmäßigen Atem zu. Mein armes kleines deutsches Kind, das eingerollt auf dem Bett lag und träumte. Noch wusste ich alles über sie, was sie mochte und was nicht, wie sie roch und wie sich ihre Haut anfühlte. Ein kleiner Mensch, der noch keine Geheimnisse vor mir hatte, ein

Mensch, der erst in mir und dann neben mir gewachsen war. Ich fragte mich, wie lange es noch so bleiben würde. Wie viel Zeit ich hatte, um diese Art von Intimität zu genießen.

Ich legte mich zu ihr, dimmte das Display meines Handys und fing an, durch Seiten mit Kinderkleidung zu scrollen: winzige Winterstiefel, Pullover, Strumpfhosen, Hüte und Sandalen. Statt etwas zu bestellen, bewegte ich die Sachen in den Warenkorb und ließ sie dort liegen.

Am nächsten Tag war Nadja da. Wir kamen beide aus dem heruntergekommenen russischen Reich, nur hatte ich Akademikereltern, die mit mir nach Deutschland ausgewandert waren und mich für jede Note, die schlechter als eine Zwei war, ausgeschimpft hatten, und sie hatte Eltern, die bis heute in der Ukraine lebten, tranken und sie davon abgehalten hatten, regelmäßig zur Schule zu gehen.

Bevor Nadja anfing zu arbeiten, machte ich Kaffee, und wir sprachen über die neuesten Nachrichten aus der Ukraine. Sie hatte eine Tochter, die ein paar Jahre älter als Rosa war und in Czernowitz lebte, weil Nadja immer noch glaubte, sie würde bald dorthin zurückkehren. Ich kannte ihre Tochter nur von Fotos: ein fröhlich lachendes Mädchen in rosa Pullovern mit Strasssteinchen. Nadja kümmerte sich in Berlin um den Dreck und die Schmutzwäsche anderer Leute und sparte eisern für eine Zukunft in bescheidenem Wohlstand: Sie baute für ihre Familie ein Haus in der Ukraine. Alle zwei Monate fuhr sie hin, um ihre Tochter zu sehen und den Bau zu beaufsichtigen. Wenn sie in Deutschland war, passten die Großeltern auf ihre Tochter und ihre Nichte auf, deren Eltern wiederum in Italien arbeiteten: Nadjas Bruder auf dem Bau und ihre Schwägerin als Haushälterin. Sie schickten ebenfalls Geld nach Hause.

Als wir uns kennengelernt hatten, man könnte auch sagen: als sie angefangen hatte, unsere Wohnung zu putzen, war ich mit Rosa schwanger, und sie wollte nur drei Jahre bleiben, um dann in die Ukraine zurückzukehren. Mittlerweile war Rosa fast fünf, und Nadja verschob ständig ihre Abreise. Immer musste neues Geld her: zuerst für das Dach, dann für die Fenster, den Zaun, die Elektrizitätsleitungen, die Heizkörper. Zudem stiegen hier und dort die Preise, und Nadja wurde zur

Gefangenen zwischen den beiden Ländern. Oder zur Gefangenen ihres Traums. Selbst der Krieg hatte es nicht geschafft, ihn zu zerstören. Nächstes Jahr würde das Haus fertig werden, und sie würde endlich zurückkehren – falls es bis dahin nicht von russischen Raketen zerstört wurde.

Nachdem wir alles gesagt hatten, was es zu den neuesten Nachrichten zu sagen gab, unterhielten wir uns über unsere Töchter, dann über die Unterschiede zwischen deutschen und ukrainischen Schulen, und schließlich kam die Gesprächspause, nach der ich Nadja würde sagen müssen, was an diesem Tag zu erledigen war.

Während sie putzte, setzte ich mich mit schlechtem Gewissen an meinen Computer. Ich beantwortete meine Mails, ging die Liste der Bücher durch, die ich in der Bibliothek bestellt hatte, und machte mich schließlich auf den Weg dorthin. Mein schlechtes Gewissen fiel in einen Dämmerschlaf.

Für einen der seltenen Abende, an denen Sergej da war, hatte ich in der Lebensmittelabteilung der Galeries Lafayette Käse, Brot, Austern, Champagner und die von ihm so geliebten Törtchen besorgt, auf die er eigentlich verzichten wollte, was ihm aber nicht gelang. Ich hatte Pasta gekocht und einen Salat gemacht, den Tisch gedeckt und eine Vase mit frischen Blumen hingestellt. Dabei schien es nur so, als würde ich mich um alles kümmern. In Wahrheit war es Sergej, der darüber entschied, wo wir wohnten, welche Musik wir hörten, was wir aßen und wo wir unseren Urlaub verbrachten. Allerdings formulierte er seine Wünsche nie als Befehle, sondern immer als Bitten.

Er stellte sich hinter mich, ohne mich zu berühren. Ich roch sein Eau de Toilette, das ich ihm zu unserem ersten Jahrestag geschenkt hatte und das er seitdem immer wieder nachkaufte.

»Was machen die Kerzen da?« Sergej betrachtete skeptisch das Tischarrangement. Er trug eine Cordhose, ein weißes Hemd und dazu Hausschuhe aus Leder, die einzige postsowjetische Angewohnheit, die er nicht abgelegt hatte.

»Es ist Schabbes.«

»Seit wann ist dir das wichtig?«

»Ich weiß nicht, vielleicht sollten wir damit anfangen.« Ich machte eine Pause, biss mir auf die Lippe und sagte dann: »Rosa zuliebe.«

Sergej lachte. Laut und dunkel.

»Sie weiß nichts über uns.«

»Welches uns?«

»Sie hat überhaupt keinen Bezug – zu uns.«

Sergej lachte noch lauter.

»Was ist, wenn sie es zuerst von jemand anderem erfährt? So wie mein Cousin, er war erst sechs, und die Eltern seines Freundes erzählten zu Hause Auschwitz-Witze, wenn er zu Besuch war.«

»Ein paar sind ganz gut.«

»Sie waren keine Israelis.«

»Ich weiß.« Seine Stimmung änderte sich.

»Wir sollten ihr etwas beibringen«, sagte ich.

»Kannst du ihr nicht einfach etwas über Sex erzählen?«

»Es ist dein drittes Glas Wein.«

»Woher weißt du das?«, fragte er erstaunt.

»Ich habe die Flasche erst am Morgen in den Kühlschrank gestellt.«

»Austern sind nicht koscher.« Er schaute mir direkt in die Augen: »Na gut, dann melde sie meinetwegen zu einem Kurs in der Gemeinde an.«

»Mehr fällt dir dazu nicht ein?«

»Du willst etwas und weißt selbst nicht, was«, Sergej küsste meinen Nacken.

»Ich weiß nicht, ob wir sie schon mit fünf traumatisieren sollten«, sagte ich.

»Wenn das Judentum traumatisierend ist, sollten wir es vielleicht lassen.«

»Und konvertieren?«

»Gott behüte.« Er küsste mein Ohrläppchen.

Als ich meine Hände an seine Taille legte, sagte er: »Weißt du, du achtest penibel darauf, dass sie genug Bücher hat, in denen Schwarze Kinder vorkommen. Sie weiß alles über Rosa Parks und Martin Luther King. Aber sie hat noch nie eine Synagoge von innen gesehen.«

»Das einzige Kinderbuch, das es hier über Juden gibt, ist das Anne-Frank-Buch.«

»Und das kennt sie nun«, stellte er nüchtern fest.

»Sie glaubt, Hitler hat es geschrieben.«

»Meinetwegen.« Sergej ließ mich los und setzte sich an den Tisch. Auf einmal sah er müde aus. Die Ringe unter seinen Augen waren dunkel.

»Möchtest du Pasta?«

»Ist das Pistazien-Pesto?«

»Hm.« Sergej sah mich aufmerksam an: »Wieso isst du nicht?«

»Ich habe schon gegessen.«

»Hier«, er legte trotzdem eine riesige Portion Nudeln auf meinen Teller. Und das, die Fähigkeit, meine Bedürfnisse zu sehen, wenn auch nur die kleinen und nicht die großen, war einer der Gründe, warum ich ihn liebte. Er sorgte sich um mich. Wenn ich fror, legte er mir seine Jacke um die Schultern, er nahm mir schwere Taschen ab, war höflich zu meiner Mutter und ein guter Vater. Zumindest, wenn er da war.

»Hör zu, wenn es dir wirklich wichtig ist, kann sie später auf die jüdische Schule gehen. Die im Westend, nicht auf die andere. Da sind nur Konvertiten«, sagte er und führte seine Hand zur Weinflasche, zog sie aber gleich wieder zurück und steckte sie in seine Hosentasche.

»Im Westend sind nur Russen.« Ich schenkte ihm nach.

»Und wer sind wir?«

»Zumindest keine Konvertiten aus SA-Familien.« Sergej lachte über seinen eigenen Witz. Dann rollte er Spaghetti um seine Gabel.

»Wie ist die Pasta?«

»Hervorragend.«

»Nicht zu weich?«

»Sie ist gut, Lou.« Er nahm noch einen Bissen, als wollte er seine Aussage unterstreichen. »Die Schule –«

»Ich möchte nicht, dass sie religiös wird«, unterbrach ich ihn: »Weißt du noch, was Sarah passiert ist?«

Sergej schaute mich fragend an, wenn auch nicht wirklich interessiert. Er wusste, dass ich eigentlich nicht Sarah meinte, eine entfernte Bekannte, deren Geschichte ich nur ganz am Rande aufgeschnappt hatte, sondern David, mit dem ich in meiner Jugend verheiratet gewesen war.

»Ihr Mann wollte den Kindern mehr *community* geben, und am Schluss waren die Kinder orthodox und weigerten sich, bei Sarah zu essen, weil es nicht koscher genug war.«

»Das war in Paris, oder?«

»Na und?«

»Paris ist etwas anderes, Lou. Frankreich ist etwas anderes. Hier ...«

»Davon spreche ich doch, wir sind hier.« Meine Stimme war lauter als beabsichtigt.

»Eben. Hier wird sie nur etwas über tote Juden erfahren. Nichts über lebende, nichts über dieses *Wir*, das dir neuerdings so wichtig ist.«

Ich setzte an, um ihm zu antworten, aber mir fiel nichts ein.

Sergej hörte auf zu kauen und sagte: »Nicht der Holocaust macht uns zu Juden, sondern die Tatsache, dass wir unter den Nachkommen der Täter leben.«

»Das ist jetzt auch keine Neuigkeit«, sagte ich und wusste, dass er gleich wieder auf sein Lieblingsthema kommen würde.

»Ja, aber das Problem ist, dass so viele zum Judentum konvertiert sind und sich nun dazu berufen fühlen, sich um den sogenannten interreligiösen Dialog zu kümmern«, sagte er.

»Aber nur um den mit den Christen.«

»Baruch HaSchem«, sagte Sergej mit vollem Mund.

»Wenigstens das können uns die Araber nicht vorwerfen.«

»Ich weiß nicht, wie oft mir das Judentum von Deutschen abgesprochen worden ist. Weißt du noch, wie der eine, ich vergesse immer seinen Namen, der auch bei Rewe einkauft ... An der Käsetheke erklärt er mir immer, dass ich kein Jude bin.«

»Wieso redest du überhaupt mit ihm?«

»Er ist der Chef meiner Plattenfirma.«

»Natürlich ist er das.«

Er lächelte.

»In den USA war vieles besser.«

»Aber nicht der Käse«, korrigierte Sergej mich. »Und auch nur in New York.« Er machte eine Pause und schob den Teller von sich: »Das Essen war wirklich gut, vielen Dank.«

»Möchtest du noch mehr?«

Als er nicht antwortete, zog ich ihn ins Schlafzimmer. Sex fiel mir im Gegensatz zu Beziehungen leicht. Ich fand ihn unkompliziert: Entweder er funktionierte zwischen zwei Menschen oder nicht, während Beziehungen zu viele Interpretationsspielräume offenließen. Sex war einfache, ehrliche Kommunikation. Danach lagen wir nebeneinander im Bett und berührten uns nicht. Zwischen uns war kein Ozean, keine Geste, kein Wort. Ich schaltete die Lampe aus. Plötzlich rutschte Sergej nah an mich heran, legte seine Hand auf meinen Bauch und flüsterte: »Wir sollten mit ihr in die Synagoge gehen.«

»Machst du das?«

»Ich muss nach Salzburg.«

Davon hatte ich bis dahin nichts gewusst, unterdrückte aber den Impuls, mich zu beschweren: »Hattest du es mir erzählt?«

»Mehrmals.«

»Wann?«

»Keine Ahnung.«

»Nein, ich meine, wann bist du in Österreich?«

»Erst Ende August. Danach gehe ich mit ihr hin. Versprochen. Es sind zwei Konzerte und eine Meisterklasse – zu viel Geld, um abzusagen.«

Geld war immer das Argument, das gewann, vor allem, da wir seit der Pandemie fast pleite waren. Ich wünschte, Sergej hätte noch etwas gesagt, etwas versprochen, aber er blieb stumm. Zwischen uns hatten sich schon zu viele Anschuldigungen und Enttäuschungen angesammelt, es war besser, wenn wir schwiegen.

Vor sieben Jahren, am Anfang unserer Ehe, hatten wir noch versucht, uns nach einem Streit auszusprechen, einander zuzuhören und zu verzeihen, nur um uns kurz darauf nur noch lauter und verzweifelter anzuschreien. Mittlerweile haben wir sogar das Schreien eingestellt.

Manchmal kam es mir so vor, als hasste ich meinen Mann, vor allem, wenn er sich auf ein Konzert vorbereitete. Dann igelte er sich für Tage, mitunter für Wochen ein und war weder für mich noch für Rosa erreichbar. Es schien, als hätte er unsere Existenz aus seinem Bewusstsein getilgt. Seine Mutter erzählte begeistert, dass er schon als Sechsjähriger stundenlang allein üben konnte, und bis heute lautete die erste Frage, die sie ihm stellte: »Hast du schon geübt?« Er hatte immer geübt, selbst an dem Tag, als Rosa geboren wurde, übte er.

Ich mochte Musik nicht einmal. Ich hörte sie mir an, aber ich mochte sie nicht. Wobei ich auch gar nicht viel heraushören konnte, denn ich hatte überhaupt kein musikalisches Gehör, obwohl fast alle um mich herum Musiker waren.

Sergej hatte ich geheiratet, weil ich meiner Mutter etwas beweisen wollte. Meine Mutter unterrichtete ebenfalls Klavier. Nur mich hatte sie niemals unterrichtet, weil es nicht zu übersehen war, dass ich keinerlei musikalisches Talent besaß. Seit ich Sergej geheiratet hatte, ging meine Mutter allerdings davon aus, dass ich doch eine Begabung besaß – eine für Männer.

Dabei hatte ich einen Beruf: Ich war promovierte Kunsthistorikerin und Galeristin. Für viele Menschen war das vielleicht kein richtiger Beruf, aber bevor Rosa zur Welt kam, war ich für eine internationale Galerie von einer Kunstmesse zur anderen gereist und hatte Künstler auf der ganzen Welt in ihren Ateliers besucht. Doch mein größtes Talent lag darin, obszön reiche Sammlerinnen dazu zu bringen, sehr viel Geld für ein Bild auszugeben. Ich konnte innerhalb weniger Sekunden erraten, wonach sich die Frauen sehnten, und projizierte genau diese Sehnsüchte auf die Kunst, die ich ihnen verkaufte. Ich veränderte meine Tonlage, wurde zutraulich, manchmal sogar leicht übergriffig, und schon wechselten sechsstellige Summen die Besitzerin. Für diese Frauen waren das allerdings keine nennenswerten Ausgaben. Immerhin war bisher noch niemand auf die Idee gekommen, mich auf russische Oligarchen anzusetzen.

Sergej lernte ich kennen, als ich das erste Mal zu einer Sammlerin eingeladen wurde: Damals traute ich mich kaum, das Haus zu betreten. Ich war vierundzwanzig und gerade in New York angekommen, um an der Columbia in Kunstgeschichte zu promovieren. Ich hatte ein Stipendium bekommen, und die Gastgeberin war eine Bekannte meiner Professorin, die mir das Stipendium besorgt hatte. Alles, woran ich an diesem Abend denken konnte, war, dass ich versehentlich meinen kürzesten Rock angezogen hatte und dass der auch noch von H&M war.

Nachdem ich fast eine halbe Stunde vor dem Haus auf und ab gelaufen war und dabei eine Zigarette nach der anderen geraucht hatte, sah ich irgendwann eine Kommilitonin an der Tür und ging mit ihr hinein. Das Haus war voller Menschen, es müssen Hunderte gewesen sein, und ich fand jeden einzelnen von ihnen angsteinflößend.

Im Flur neben dem Eingang befand sich ein Werk von Félix Gonzáles-Torres: ein Berg goldener Bonbons. Das Gesamtgewicht der Bonbons betrug genau 79 Kilo – das Idealgewicht des 1991 an Aids verstorbenen Partners von Gonzáles-Torres. Damals habe ich mich nicht getraut, ein Bonbon mitzunehmen, aber in den Jahren, die folgten, nahm ich jedes Mal zwei, wenn ich eine seiner vielen Bonbon-Arbeiten sah. Eines steckte ich sofort in den Mund und das andere in meine Tasche.

Das Wohnzimmer der Sammlerin glich einem Galerieraum. An den Wänden hingen großformatige Gemälde, und in der Mitte des Raums stand ein Flügel, auf dem Sergej spielte. Später traf ich ihn in der Küche, wo er mit einem Kellner scherzte, der sich als sein Kommilitone herausstellte. Ich fragte sie, ob sie wussten, wo das Gästebad war, das ich schon seit einer halben Ewigkeit suchte. Kurz darauf wurde Sergejs Bekannter ermahnt, weiterzuarbeiten, während Sergej und ich höflich der Küche verwiesen wurden. Wir setzten uns auf ein riesiges Sofa, das zwanzig Menschen Platz geboten hätte, und Sergej fing sofort an zu erzählen. Seiner Geschichte konnte ich nicht folgen, doch ich sah, dass er nervös war, und das gefiel mir. Ziemlich schnell stellten wir fest, dass wie beide aus Deutschland kamen und Russisch sprachen. Wir unterhielten uns den ganzen Abend lang, immer wieder ließen wir uns Champagner nachschenken und kicherten zusammen auf Russisch, das wir beide nicht mehr allzu gut beherrschten, aber wir bildeten uns ein, dass es außer uns keiner verstand. Wir waren Maskottchen, die nicht in diese Welt gehörten und nur wegen ihres Unterhaltungswerts (Sergej) oder aus Versehen (ich) eingeladen worden waren.

Ich fragte ihn, ob wir uns wiedersehen könnten. Er nickte und schrieb mir seine Nummer in übertrieben großen Ziffern auf den Unterarm, damit ich sie nicht verlor, wie er sagte. Ich verlor sie nicht.

Bevor ich in die USA kam, hatte ich eine sehr romantische Vorstellung von New York. Bis ich Sergej traf, fühlte ich mich dort einsam und isoliert. Ich schaffte es einfach nicht, neue Leute kennenzulernen. An den meisten Abenden saß ich alleine in meinem Zimmer und dachte an meinen ersten Ehemann, vor dem meine Mutter mich gewarnt hatte. Er hatte eines Nachts Gott gefunden und mich am nächsten Morgen verlassen. Nun musste ich mir beweisen, dass ich ihn vergessen könnte. Am besten irgendwo weit weg. Und nichts schien mir damals so weit weg von meinem bisherigen Leben zu sein wie ein Studium an der Columbia.

Nach jenem Abend mit Sergej fiel die Schwere wieder von mir ab. Mit ihm lernte ich die Stadt neu kennen und überwand meine Angst vor Ratten und überfüllten U-Bahnen. Bald hatten wir eine Lieblingsbar, in der es gute Live-Musik gab und die Getränke unschlagbar billig waren. Danach liefen wir ziellos und oft schweigend durch die Straßen und erzählten uns unsere Leben, nur um irgendwann in Sergejs winzigem Apartment in China Town zu landen, wo es immer nach dem Essen aus einem der vielen nahe gelegenenen Restaurants roch. Ich wollte mit Sergej jede freie Sekunde verbringen, nur eine Beziehung wollte ich nicht.

Ein halbes Jahr später saß ich bei Sergejs Abschlusskonzert an der Julliard und weitere zwei Wochen danach verabschiedete ich ihn am Flughafen. Er ging zurück nach Berlin, obwohl ich nicht verstand, weshalb.

In den nächsten drei Jahren kam er immer wieder für Konzerte nach New York, aber wir sahen uns nicht oft. Der Kontakt wurde immer weniger und beschränkte sich bald auf gelegentliche SMS und Likes. Dann beendete ich meine Promotion, und weil ich Schwierigkeiten mit meinem US-Visum hatte, musste ich nach Berlin zurückkehren. Am liebsten hätte ich Berlin gleich wieder verlassen, aber ich fand einen gut bezahlten Job in einer Galerie, deren Chefin Octavia mich von Anfang an machen ließ, worauf ich Lust hatte. Außerdem rief ich Sergej an. Wir trafen uns, und alles war wie früher, nur dass er inzwischen mit einer Ballerina zusammenlebte. Ich hätte nicht gedacht, dass ich eifersüchtig wäre. Ich dachte, ich hätte meine Gefühle unter Kontrolle, dabei liebte ich ihn. Glücklicherweise dauerte es nicht lange, bis Sergej und die Ballerina sich trennten und ich ihn trösten konnte. Zumindest dachte ich, ich würde ihn nur trösten. Neun Monate später wurde Rosa geboren. Als sie vier wurde, wurde ich wieder schwanger. Ich entschied mich, meinen Job in der Galerie zu kündigen und ein Buch über die Auswirkungen der Aids-Krise auf die amerikanische Kunstszene zu schreiben. Eine Arbeit, mit der ich nicht vorankam, obwohl es das Thema war, über das ich promoviert hatte.

Trotz all der Umbrüche der letzten Jahre blieb eines immer gleich: In den meisten Räumen, in denen Sergej sich zu Hause fühlte, war ich fremd. Aber ich hatte immer gewusst, dass ich einen Juden heiraten würde, und das hatte den Ausschlag gegeben.

Ich verließ die Wohnung in Eile: Wir waren zu spät dran für Rosas musikalische Früherziehung, und ich tippte hektisch in mein Handy auf der Suche nach einem Uber, das uns zur Musikschule bringen würde. Im Hausflur hatte schon wieder jemand alte, unbrauchbare Schränke und abgenutzte Kochtöpfe abgestellt, anstatt sie zum Sperrmüll zu bringen.

Während der letzten drei Tage hatten sich heftige Regenschauer mit Nieselregen abgewechselt, und obwohl der Himmel nun klar war, schimmerten die Straßen nass. Wir warteten vor dem Haus auf den Fahrer, der uns laut App in drei Minuten abholen würde. Rosa fragte nach ihrem Kuscheltier und begann, an meiner Tasche herumzuzerren. Das Auto fuhr vor, ich lief los und zog Rosa, die noch immer in meiner Tasche wühlte, hinter mir her. Ehe ich mich versah, landete ich auf dem Boden. Mein Knöchel pulsierte vor Schmerz, aber wenigstens war Rosa nicht mit mir gefallen. Sie stand neben mir und starrte mich entsetzt an. Ihre Lippen kräuselten sich, sie war kurz davor, in Tränen auszubrechen. Ich redete ihr gut zu, obwohl ich am liebsten selbst losgeheult hätte, griff nach meiner Tasche, deren Inhalt über den Boden verteilt war, sammelte alles rasch auf und versuchte aufzustehen. Unter mir sah ich einen Stolperstein und eine rote Friedhofskerze. Ich verfluchte den Deutschen, der diese Kerze mitten auf den Weg gestellt hatte, und humpelte ins Taxi. Der Fahrer sah mich besorgt an, ich versicherte ihm, es sei alles in Ordnung, und fragte nach einem Kindersitz, den er nicht dabeihatte.

Im muffigen und fensterlosen Flur der Musikschule schaute ich mir zum ersten Mal meinen Knöchel an. Rosa saß bereits im Unterricht, also wartete ich im Flur auf sie. Der Knöchel war geschwollen und lila. Ich setzte mich auf die Bank, lehnte meinen Kopf gegen die kühle Wand.

Als ich nach dreißig Minuten Rosa wieder abholen wollte, bat mich der Lehrer um ein Gespräch. »Ich kann Ihre Tochter nicht unterrichten«, sagte er und schaute mich ausdruckslos an. Er trug ein Käppi und einen Nasenring. Er war nur ein paar Jahre jünger als ich.

»Warum nicht?«

»Sie versteht nicht, was ich sage. Sie scheint nicht zu üben. Wenn es jetzt schon so schlecht läuft, wird es ein sehr langer Weg.«

Ich wollte ihm sagen, dass es ohnehin ein sehr langer Weg sei, aber stattdessen sagte ich nur: »Das macht nichts.«

»Sie verstehen nicht«, insistierte er.

»Doch, aber ihr Vater hat auch nicht von einem Tag auf den anderen den Chopin-Wettbewerb gewonnen.«

Er überging meinen Kommentar.

»Vielleicht liegt es am Fokus«, schlug er etwas freundlicher vor.

»Vielleicht«, antwortete ich und schwor mir, ihn zu vernichten, sobald der Schmerz im Knöchel nachließ.

»Ist mit Ihnen alles in Ordnung?«, fragte der Klavierlehrer.

»Danke.«

»Was werden Sie tun?«

»Was meinen Sie?«, fragte ich dümmlich.

»Wegen der Probezeit«, versuchte es der Lehrer noch einmal.

»Wir hören nicht auf«, sagte ich. Ich zwang mich, aufzustehen, nahm Rosa an die Hand, sammelte die Noten ein und verabschiedete mich hastig. Der Klavierlehrer schaute mich besorgt an.

»Ist Papa wieder da?«, quengelte Rosa, als wir draußen waren.

»Er ist sicher schon zu Hause.«
»Hat er mir ein Geschenk mitgebracht?«
»Das macht er doch immer«, sagte ich.

Als wir zu Hause ankamen, war die Wohnung leer. Sergej hatte zwar geschrieben, dass sein Flug sich verspätete und er todmüde sei, aber er hätte selbst mit der angekündigten Verspätung längst da sein müssen. Ich nahm eine Tablette gegen die Schmerzen, bestellte eine Pizza für mich und Rosa und schaltete den Fernseher ein. Über den Bildschirm flimmerten Bären und andere simpel gezeichnete Tiere, was auf Rosa eine ungeheuer beruhigende Wirkung zu haben schien. Sie schlief neben mir ein. Ich sah zu, wie im Haus gegenüber die ersten Lichter angingen und dann eines nach dem anderen wieder ausgeschaltet wurde, während der Himmel draußen immer dunkler wurde.

Sergej kam eine halbe Stunde nach Mitternacht völlig kaputt von seiner Reise zurück. Drei Konzerte in fünf Tagen, dazu noch der Jetlag. Er stellte seinen silbernen Rollkoffer im Flur ab, und ich wusste, dass er ihn mindestens eine Woche lang nicht auspacken würde. Das Wichtigste, seine Noten, hatte er immer im Handgepäck bei sich, und er legte sie sofort nach seiner Ankunft auf den Flügel. Wie eine Mahnung an sich selber.

Vorsichtig trug er Rosa in ihr Bett, legte ein kleines neongelbes Päckchen neben sie und kam in die Küche, wo ich auf ihn wartete.

»Möchtest du etwas essen?«

Er schüttelte den Kopf. Ich ging zu ihm und küsste seine Stirn. Dann nahm ich seine Hand, er küsste meine.

»Ich mache dir schnell was? Nichts Großes.«

»Nur Nudeln«, sagte er, und ich lachte. Ich kochte fast immer Pasta, da Nudelsaucen das Einzige waren, was ich zubereiten konnte. Meistens kamen sie aus einem Glas, aber das Erhitzen auf die richtige Temperatur beherrschte ich sehr gut.

»Wie war der Flug?« Ich setzte das Wasser auf.

»Lang.«

»Und die Tournee?«

»Das letzte Konzert war ausverkauft, die anderen beiden ordentlich gefüllt.«

Das Wasser kochte zwar noch nicht, aber ich warf die Nudeln trotzdem hinein und schaute im Kühlschrank nach der Sauce.

»Minna ist nicht zufrieden.«

Minna war Sergejs Agentin und seiner Mutter nicht unähnlich: Beide Frauen waren kultiviert, kalt, effizient und immer elegant gekleidet. Während Minna Wert auf bestimmte Marken wie Prada legte, trug Sergejs Mutter nie etwas, das ein sichtbares Label hatte, war aber stets in Kaschmir, Seide und weiche Baumwolle gehüllt, Kleidung, die durch perfekte Schnitte bestach. Sie liebte Strenge und Selbstbeherrschung.

»Warum?«, fragte ich.

»Sie sagt, etwas muss passieren.«

»Genau dafür bezahlst du sie, oder nicht?« Ich verlagerte mein Gewicht auf das andere Bein. Der Knöchel war noch geschwollen, aber die Schmerzen hatten nachgelassen. Sergej wirkte abwesend und schwieg eine ganze Weile, bis er schließlich sagte: »Es gibt jedes Jahr so viele neue Absolventen. Ich könnte jederzeit ersetzt werden.«

»Nein.« Ich goss die Nudeln ab, ohne sie vorher zu probieren, und füllte sie auf den Teller. Dann holte ich den anderen Topf, goss die Soße daraus auf die Nudeln und stellte den Teller vor Sergej hin.

»Doch, Lou.« Er schaute von seinen Nudeln auf: »Das ist so ziemlich genau das, was sie sagt, und sie hat Recht.«

»Du bist die nächsten beiden Jahre so gut wie ausgebucht.«
»Aber da sind überhaupt keine großen Konzerte dabei.«
»Groß genug.«
»Du weißt selbst, dass das nicht stimmt.«

Tatsächlich war mir nicht entgangen, dass seine Karriere stagnierte, aber ich hütete mich davor, es auszusprechen. Sergej mangelte es nicht an Anfragen für Konzerte, nur waren es nicht mehr die großen Säle und berühmten Orchester. Ich versuchte, mir keine Sorgen zu machen, auch wenn ich wusste, dass das kein gutes Zeichen war. Ich hatte keine Ahnung, was aus ihm werden sollte, wenn er nicht mehr spielte.

»Ist die Tomatensauce in Ordnung?«

Er lachte und fragte: »Wie war es hier?«

»Der Klavierlehrer will Rosa rausschmeißen«, sagte ich.

Sergej lachte aus vollem Hals.

»Serescha, er meint es ernst.«

»Ich bin auf seiner Seite. Niemand richtet die klassische Musik mehr zu Grunde als die überambitionierten postsowjetischen Tiger-Mums, die glauben, hochbegabte Kinder zu haben.«

»Wir reden hier von musikalischer Früherziehung.« Ich machte eine Pause und wiederholte mit Nachdruck: »Deutscher Früherziehung.«

»Was hat er genau gesagt?« Nun hatte ich seine volle Aufmerksamkeit.

»Im Prinzip, dass es sinnlos ist.«

»Wozu braucht sie überhaupt musikalische Früherziehung?«

»Wo soll sie die denn sonst bekommen?«

»Na, von mir zum Beispiel«, sagte Sergej gespielt beleidigt.

»Du bist nie da«, sagte ich.

Sein Blick wurde sofort feindselig: »Aber haben wir uns

nicht darauf geeinigt, dass wir noch etwas warten, bevor sie mit einem Instrument anfängt? War es nicht sogar deine Idee?«

»Ich meine nur«, versuchte ich ihn zu beschwichtigen, stand auf und machte den Wasserkocher an: »Er hat kein Recht, sie rauszuschmeißen. Er sollte ihr etwas beibringen.«

»Ich rede mal mit ihm.«

»Nein, wir werden zu einem anderen Lehrer wechseln.«

»Und zu wem?«, fragte er aggressiv.

»Keine Ahnung.«

»Soll ich meine Mutter fragen?«

»Nein«, meine Stimme war schriller, als sie sein durfte.

»Sie weiß, dass du sie hasst.« Sergej war nicht mehr verärgert, sondern plötzlich amüsiert.

»Ich hasse sie nicht.«

Er lächelte nachsichtig.

»Sollen wir meine Mutter fragen?«, schlug ich vor.

»Um Gottes willen«, jetzt war Sergej wieder ernst.

Das Wasser kochte. Ich goss einen Schwarztee auf und legte ein paar Kekse, die Rosa übrig gelassen hatte, auf einen Teller, den ich Sergej hinschob. Er murmelte »Danke« und lehnte sich gegen die Wand.

»Hast du noch Hunger?«

Er schloss seine Augen und sagte: »Ich lege mich ein wenig hin, okay?«

»Natürlich«, sagte ich. Er sah wirklich fertig aus, nur schien es mir diesmal keine Überarbeitung oder transatlantische Müdigkeit zu sein. Da war etwas Neues in seinem Gesicht, das ich bisher nicht kannte und das mir Angst machte. »Ist alles in Ordnung?«

»Hm.« Sergej hatte seine Ellbogen auf dem Tisch abgestützt und massierte seine Schläfen.

»Ist was passiert?«

»Nein.« Er starrte auf die schwarz-weißen Fliesen des Küchenbodens.

»Sicher?«

»Sicher.« Er nahm einen Schluck Tee und verbrannte sich die Zunge: »Verdammt.« Sein Gesicht verzog sich vor Schmerz.

Nach einer Weile sagte er: »Ich hatte Angst. – Lou?«

Ich ging zu ihm und nahm seine Hand. Er schien meine Berührung nicht zu bemerken und blieb eine ganze Weile lang stumm, bis er zu erzählen anfing: »Ich habe die Nerven verloren. Ich ging raus, setzte mich an den Flügel, und plötzlich hatte ich Angst, mich lächerlich zu machen. Es war wahrscheinlich das tausendste Konzert, das ich spielte, aber zum ersten Mal konnte ich das Publikum nicht ausblenden. Ich hatte das Gefühl, alle im Saal warten nur darauf, dass ich einen Fehler mache. Ich habe es irgendwie geschafft, zu Ende zu spielen. Aber am schlimmsten war, wie der Dirigent mich danach anschaute.«

»Wie?«, fragte ich.

»Ach, egal.«

Ich umarmte ihn.

»Ich will kein Mitleid«, er befreite sich aus meinen Armen.

»Bist du dir sicher, dass du seinen Blick nicht falsch verstanden hast?«

»Darum geht es nicht, Lou.« Er blieb mit geschlossenen Augen am Küchentisch sitzen. In ein paar Stunden würde Rosa aufwachen.

»Dieses Mal ging es gut, aber nächstes Mal vielleicht nicht.«

»Dann wird es eben kein nächstes Mal geben.«

Er schaute mich dankbar an, ich hob seine Hand hoch und küsste sie.

Sergej war immer besser als alle anderen gewesen. Er hatte ein Talent, das über jeden Zweifel erhaben war. Zumindest bis jetzt.

»Ruh dich aus«, sagte ich.

»Ich bin nicht müde.«

Dann stand er auf und ging ins Schlafzimmer, wo er sich angezogen aufs Bett warf. Ich folgte ihm und sorgte dafür, dass er zumindest das enge Hemd auszog. Er schloss die Augen und drehte sich auf die Seite. Ich zog mein Kleid aus und legte mich zu ihm.

Nachdem Sergej eingeschlafen war, las ich die Rezensionen seiner letzten Konzerte im Internet. Ich fand nicht viel, und von den bekannten Kritikern hatte niemand etwas geschrieben, aber die wenigen Artikel, die es gab, waren kurz und wohlwollend. Auf Instagram teilten die Menschen Fotos von Sergejs Auftritten.

Ich zog mir T-Shirt und Unterhose an, ging in die Küche und trank dort ein Glas Wasser. In der Wohnung war es kalt, ich fror, während es draußen allmählich dämmerte. Die ersten Fenster im Haus gegenüber leuchteten auf. Ich wusste mittlerweile, welche Nachbarn wann aufstehen würden. Zuerst das Ehepaar, das unter dem Dach wohnte, dann würde es in der Wohnung im dritten Stock hell werden, in der stets bis drei Uhr nachts das Licht brannte, dann würde der alte Mann aus dem ersten Stock, der alleine lebte, in der Küche sein Frühstück zubereiten. Rosa rief im Schlaf nach mir. Ich ging zu ihr und strich ihr übers Bein, bis sie wieder eingeschlafen war. Obwohl ich schon in einer halben Stunde aufstehen musste, legte ich mich wieder in unser Bett. Sergejs Atem war nun regelmäßig, der Körper ruhte auf der Daunendecke. Seine linke Hand hing seitlich vom Bett herunter, der Ehering schimmerte im Halbdunkel. Kurz bevor der Wecker klingelte, schlief ich ein.

Sergej wachte erst mittags auf. Als er aus der Dusche kam, sah er ausgeruht aus und nicht mehr so verzweifelt. Allerdings sah nach dem Duschen niemand verzweifelt aus. Ich saß am Küchentisch und blätterte in einem Ausstellungskatalog von Helen Molesworth. Ich war auf der Suche nach Einzelheiten, die ich in meiner Arbeit übersehen haben könnte.

Sergej küsste meinen Nacken, genauso, wie ich es liebte. Er roch nach meiner Lieblingsseife und nach sich selbst, und plötzlich spürte ich nichts mehr außer Verlangen. Ich schmeckte den Espresso, den er gerade getrunken hatte, lockerte den Gürtel seines Bademantels, er zog mir meinen Pullover aus, öffnete den Knopf meiner Jeans, ich zog sie aus, küsste ihn weiter.

»Wollen wir gleich hier?«, fragte er.

»Lass uns ins Bett gehen«, sagte ich. Die Zeiten, in denen er mich ins Schlafzimmer hinübergetragen hatte, waren längst vorbei. Er griff nach meiner Hand und folgte mir.

Später bat er mich, Rosa früher abzuholen, schlug aber nicht vor, es selbst zu tun. Als Rosa und ich von der Kita nach Hause kamen, roch die Wohnung nach süßem Teig. Die Arbeitsplatte war voller Geschirr, Eierschalen lagen im Ausguss, auf dem Boden waren deutliche Spuren von Mehl oder Zucker oder beidem zu sehen. Die Spülmaschine war noch nicht ausgeräumt. Doch in der Bratpfanne brutzelten Pfannkuchen, und Rosa quietschte vor Vergnügen.

Sie lud ihren Teller voll, klatschte in die Hände, und ich bestrich ihre Pfannkuchen mit sehr viel Marmelade. Sie fing sofort an zu erzählen: vom Kindergarten, von ihren Freundinnen, wie doof Jungs waren und wie sehr sie ihren Vater vermisst hatte. Ihr Geschenk hatte sie direkt nach dem Aufwachen aufgerissen, es waren neue Puppenkleider der Marke *American Girl*. Beim Erzählen aß Rosa mit offenem Mund, und ich ermahnte sie, es sein zu lassen. Sie schloss den Mund für einen Augenblick, bewegte darin das Essen hin und her und fing wieder von vorn an zu erzählen. Als die letzten Pfannkuchen auf dem Tisch standen, setzte Sergej sich endlich hin. Rosa kletterte sofort auf seinen Schoß, schmiegte sich an ihn und wischte ihren Mund an seinem Pullover ab. Diese Flecken wieder herauszukriegen würde dann wohl mein Job sein, dachte ich genervt und ärgerte mich einen Augenblick später über mich selbst.

Nach dem Essen durfte Rosa fernsehen. Sergej nahm eine Flasche Weißwein aus dem Kühlschrank und goss uns großzügig ein. Ich holte eine Packung Chips aus der Schublade und spürte einen dumpfen Schmerz in meinem Knöchel, der inzwischen dunkelblau war.

»Hast du dich ausgeruht?«, fragte ich.

»Ja, es geht besser.«

»Was du gestern über die Angst gesagt hast –« Ich wusste nicht, wie ich den Satz beenden sollte.

»Ja?«

»Möchtest du vielleicht mit jemandem darüber reden?«

Sergej lachte aus vollem Hals.

»Ich meine es ernst.«

»Nein, Lou, wirklich nicht. Lass uns jetzt einfach den Wein trinken. Weißt du, ich bin rausgegangen, habe mich verbeugt, dem Dirigenten die Hand geschüttelt, es war dunkel im Saal, aber ich wusste, dass er voll besetzt war, hörte den Beifall, sah die Staubkörnchen im Scheinwerferlicht, das Hemd meines Fracks war gestärkt.«

»Du hasst es.«

Er lächelte zum ersten Mal: »Genau, ich hasse es. Aber in

dem Moment dachte ich, dass ich vielleicht nicht nur die gestärkten Hemden hasse, sondern alles.«
»Alles?«
»Den Zirkus.«

Sergej war zum Mittagessen mit seiner Agentin verabredet. Ich hatte Zeit und rief meine Mutter an. Sie ging sofort ans Telefon, berichtete mir von ihrer Erkältung und sagte dann unvermittelt: »Maya hat Geburtstag.« Nach einer Pause fügte sie hinzu: »Es ist der neunzigste.« Danach sagte sie nichts mehr, auch nicht, als ich mich räusperte.

»Möchtest du hin?«, fragte ich vorsichtig.

Meine Mutter antwortete nicht sofort: »Eigentlich nicht, aber es könnte ihr letzter sein.«

»Hm.«

»Du bist auch eingeladen.«

»Ich will nicht hin.«

»Sie feiern auf Gran Canaria, in einem Resort.«

»Laden sie ein?«

»Ja, aber wir müssen die Reise selbst bezahlen.«

»Warum nennen sie es dann Einladung?«

»Weil wir dabei sein sollen.«

Ich lachte: »Wie viel kostet es?«

»Es ist gar nicht so teuer. Dafür, dass es mitten in der Saison ist.« Der Ton meiner Mutter gefiel mir nicht.

»Ich verstehe nicht, warum sie ausgerechnet nach Gran Canaria wollen. Gibt es in Israel keine Strände?«

»Maya hat die Reise bei einem Gewinnspiel im Supermarkt gewonnen. Fliegst du mit?«, fragte sie nach einem langen Zögern.

»Auf keinen Fall.«

»Wir könnten Rosa mitnehmen. Es ist auch erst Ende August.«

»Ich weiß nicht, wie spannend ein neunzigster Geburtstag für eine Fünfjährige ist.«

»Es ist immerhin Gran Canaria. Soll ich dir Geld geben? Du arbeitest ja im Moment nicht.«

»Ich schreibe ein Buch.«

»Ich meine, du verdienst gerade nichts.«

»Ich brauche kein Geld«, rief ich. Geld von meiner Mutter anzunehmen war wirklich das Letzte, was ich wollte.

»Können wir später darüber reden?«

»Bist du etwa beschäftigt?«, fragte sie gehässig.

»Ich muss gleich Rosa abholen.«

»Du hast doch ein Handy. Du kannst auf der Straße weiterreden.«

»Okay, lass mich ein wenig überlegen, und ich gebe dir später Bescheid.«

»Du sollst nicht überlegen, du sollst mitkommen.«

»Ich muss erst mit Sergej sprechen.«

»Ihm ist das doch egal.«

»Vielleicht auch nicht.«

»Lässt du dich scheiden?«

»Wie kommst du darauf?«

»Tu es nicht. Eine Scheidung bringt nichts als Probleme, wenn man Kinder hat. Wenn er dich schlagen würde ...«

»Solltest du nicht auf meiner Seite sein?«

»Ihr lasst euch also scheiden. Hast du schon mit einem Anwalt gesprochen? Wer bekommt die Wohnung?«

»Wir haben einen Ehevertrag.«

»Stimmt, dieses Miststück.« Damit meinte sie meine Schwiegermutter.

»Mama, wir lassen uns nicht scheiden, und ich muss jetzt wirklich auflegen.«

Ich legte auf und verließ die Wohnung.

Unsere Familie war seit mehreren Jahrzehnten zersplittert. Meine Mutter und ich waren die Einzigen, die in Deutschland lebten. Ihre Schwester, meine Tante, und die weitläufige Verwandtschaft waren in Israel. Als sie dort hinzogen, gab es noch Ferngespräche, auf die man mehrere Tage warten musste und die exorbitant teuer waren. Briefe kamen in Baku nur selten an, und wenn doch, dann handelte es sich um mehrere eng beschriebene Papierbögen, die von Ereignissen berichteten, die zum Zeitpunkt der Lektüre längst nicht mehr relevant waren. In den ersten Jahren nach dem Zusammenbruch der Sowjetunion verbrachten wir jeden Sommer in Israel, erst bei meinen Großeltern, später bei Rosa oder meiner Tante, immer von zahlreichen Verwandten und Bekannten umgeben. Der letzte Sommer dieser Art war inzwischen fast zwanzig Jahre her. Nachdem meine Großmutter kurz nach meinem dreizehnten Geburtstag gestorben war, wollte meine Mutter nicht mehr hinfahren. Ihr Vater war bereits vor Jahren gestorben, und nun sagte sie, sie wolle ihrer Schwester mit unserem Besuch nicht zur Last fallen und ohne Rosa sei es ohnehin nicht dasselbe. Vielleicht war etwas vorgefallen, vielleicht schämte sie sich für das Verhalten meines Vaters. Vielleicht war es auch nur etwas zwischen ihr und ihrer Schwester: all die kleinen Wunden, die sie einander im Laufe des Lebens zugefügt hatten, die Beleidigungen, das Gefühl, übergangen oder nicht genug wertgeschätzt worden zu sein, die sich irgendwann summiert hatten, bis es zu spät war.

Ich glaube, meine Mutter war auf ihre israelische Verwandtschaft eifersüchtig. Sie war vor fünfundzwanzig Jahren nach Deutschland gekommen – natürlich nicht ohne gewisse Bedenken – und hatte gedacht, sie sei der Armut entkommen. In der ersten Zeit sahen wir im neuen Land nichts als Überfluss: die gebrauchten Möbel, die am Straßenrand abgestellt wurden und die wir oft nach Hause schleppten, die von anderen Leuten abgelegte Kleidung, die eine viel bessere Qualität hatte als alles, was es in Aserbaidschan zu kaufen gab. Auch die vollen Regale in den Supermärkten faszinierten uns. Während meine Mutter als Klavierlehrerin arbeitete, ging es uns gut, wir hatten ein Auskommen, es gab keinen Bombenalarm, und niemand musste zum Militär. Doch je älter sie wurde, desto komplizierter wurde es: Die Miete wurde immer höher, die Verwandten in Israel hatten ihre Wohnungen inzwischen abbezahlt – und zwar nicht irgendwelche Schuhschachteln, sondern riesige Apartments mit Terrassen und Swimmingpools. Zudem handelte es sich nicht um unsanierte Altbauten mit Schimmel, sondern um schicke Neubauten, errichtet auf Land, dessen Besitz moralisch nicht in Ordnung war, von meinen Verwandten aber nie hinterfragt wurde. Während meine Tanten also ihren Ruhestand genossen, wurde es für meine Mutter in Deutschland eng: Sie hatte nur eine kleine Rente, denn die Arbeitsjahre der Russlanddeutschen in der Sowjetunion wurden angerechnet, die der Juden nicht.

Aber womöglich war ich ebenfalls eifersüchtig: Während meiner seltenen Besuche in Israel war ich erstaunt darüber, wie sicher sich meine Verwandten ihrer jüdischen Identität waren. Sie wussten, wer sie waren. Auch wenn sie für die Mehrheitsgesellschaft einfach nur die Russen blieben.

Inzwischen beschränkte meine Mutter den Kontakt zu ihrer Schwester und ihren Tanten auf kurze Anrufe und WhatsApp-Nachrichten, weshalb ich meine Cousins und Cousinen, mit denen ich als Kind so vertraut gewesen war, irgendwann aus den Augen verlor. Sowieso hatte ich genug mit mir selbst zu tun und überließ die Pflege der Familienbindungen gern meiner Mutter, eine Aufgabe mehr, die sie übernehmen musste. Irgendwann schrumpfte unsere einst weitverzweigte Familie auf uns vier – meine Mutter, Rosa, Sergej und mich – zusammen, wobei ich glaube, dass für meine Mutter Sergej niemals richtig dazugehört hatte. Für sie war er ein Familienmitglied auf Abruf. Männer hielten es in unserer Familie ohnehin nicht lange aus. Sie starben oder verließen uns. Auch Sergej hatte keine sonderlich enge Bindung an seine Geschwister. Ich denke, sie nahmen es ihm übel, dass er so offensichtlich von seiner Mutter bevorzugt wurde. Sein Vater war unterkühlt ihm gegenüber und überschwänglich vor Liebe zu seinen beiden Töchtern.

›**Ich möchte da nicht hin**‹, erklärte ich meiner Mutter, als sie am nächsten Abend wieder anrief. Ich räumte auf. Sergejs Mutter wollte später vorbeikommen, um ihr Enkelkind zu sehen, wie sie mir schrieb, damit zwischen uns kein Missverständnis über gegenseitige Zuneigung entstand. Ich sammelte Rosas Spielzeug auf, Bücher, Zeitschriften, nicht fertig gemalte Zeichnungen, Unterwäsche, meine und Rosas Pyjamas, Jacken, eine Bananenschale und Unmengen an Wassergläsern. Ich stellte das schmutzige Geschirr in die Spülmaschine und wischte über den Esstisch.

»Du kannst mich nicht allein lassen«, sagte meine Mutter. Ich schaute mich in der Wohnung um und entschied, dass ich auch noch staubsaugen müsste.

»Lou?«, fragte meine Mutter.

»Nein.«

In den letzten Tagen hatte ich immer wieder dasselbe Gespräch mit ihr geführt. Doch nun hatte sie ein neues, unschlagbares Argument: »Bald sind Ferien, die Kita hat zu, was willst du mit Rosa sonst machen?«

»Mist, das hatte ich vergessen.« Ich überschlug meine Möglichkeiten. »Verdammt«, sagte ich dann.

»Fahren wir?«, lachte meine Mutter.

»Wenn es unbedingt sein muss.«

In Wahrheit waren es weniger die Kitaferien, die mich meine Meinung ändern ließen, als die Schuldgefühle meiner Mutter gegenüber. Ihre Immigration bedeutete, dass sie ihr Leben gegen meine Zukunft eingetauscht hatte, und ich war ihr diese Zukunft schuldig. Alles, worauf sie zu meinen Gunsten verzichtet hatte – Familie, Freunde, Status, berufliche Anerkennung, Respekt für ihre Arbeit –, waren Opfer, um die ich sie zwar nicht gebeten hatte, die aber dennoch unausweichlich waren. Ich war schuld daran, dass sie sich als Scheiß-Ausländerin bezeichnen lassen musste, dass ihre Deutschkenntnisse kommentiert wurden, dass sie permanent abgewertet wurde. Also versuchte ich ihr zu beweisen, dass ihr Opfer nicht umsonst war, sei es durch meine Ausbildung, meine Ehe oder meine Karriere. Da ich gerade keine Karriere anbieten konnte, schuldete ich ihr eventuell eine Reise. Ich schaltete meinen Rechner an und suchte nach der günstigsten Flugverbindung.

»Meine Mutter möchte, dass wir zu Mayas Geburtstagsfeier fahren«, sagte ich zu Sergej. Es war der erste warme Abend seit Langem, wir standen an der Balkonbrüstung, teilten uns eine Zigarette und schauten auf die Panoramafenster der Nachbarn in der neu errichteten Luxusimmobilie gegenüber. Ich hatte Rosa gebadet und ihr Kinderbücher vorgelesen, die sie liebte und die ich hasste, weil in ihnen Menschen durch Tiere ersetzt wurden. Danach hatte ich sie gestreichelt, bis Sergej mich abgelöst hatte und Rosa einen Teil der Klaviersonate in F-Dur von Haydn vorsummte.

»Wer sind *wir*? Ich habe ein Konzert.« Er legte seine linke Hand auf meinen unteren Rücken und drückte mit der anderen die Zigarette an der Brüstung aus. Gemeinsam gingen wir in die Wohnung hinein, ich verschwand im Bad, und als ich ins Wohnzimmer kam, lag Sergej mit übereinandergeschlagenen Beinen auf dem Sofa und blätterte in einer Zeitung. Er trug seine Lesebrille, die er vor Kurzem verschrieben bekommen hatte und die er meistens aus Eitelkeit nicht aufsetzte, dazu seinen grün-blau karierten Morgenmantel, den er ungeachtet der Uhrzeit meistens zu Hause trug.

»Du hast immer ein Konzert zu spielen, aber nur Rosa und ich sollen fahren. Maya wird neunzig.«

»Wieso fragst du mich dann überhaupt?«

»Meine Mutter glaubt, wir lassen uns scheiden.« Die Worte kamen völlig unbeabsichtigt aus meinem Mund.

Sergej atmete durch die Nase ein und aus. Und noch einmal. Dann sagte er: »Lassen wir uns scheiden?«

»Du kennst doch meine Mutter.«

»Ich kenne dich.« Er legte die Zeitschrift aus der Hand und schaute mich aufmerksam an: »Gibt es irgendetwas, worüber du reden möchtest?«

»Bitte kein Beziehungsgespräch.«

»Sicher?«

Als ich nicht antwortete, sagte er: »Schau, sie möchte ein Porträt über mich schreiben.« Er hielt mir die Zeitung unter die Nase: »Das könnte der Wendepunkt in meiner Karriere werden.« Sein Finger zeigte auf einen Namen und ein winziges Kästchen mit einem Foto.

»Sagt Minna das?«

»Genau«, Sergej blätterte weiter in der Zeitung.

»Glückwunsch«, sagte ich.

»Sie wird mich ein paar Tage lang begleiten.«

»Okay. Nein, halt, wer?«

»Die Journalistin. Hast du mir zugehört?«

»Keine Ahnung.«

»Sie wird nicht stören.«

»Ach so?«

»Sie kommt nach Berlin und fährt dann mit nach Salzburg.«

Sergej las weiter und konnte seine Freude kaum verbergen.

»Was für ein Wendepunkt?«, fragte ich und setzte mich neben ihn.

Endlich legte er das Magazin zur Seite. »Es läuft nicht sonderlich gut.«

»Aber auch nicht schlecht.«

Er sah mich an, ohne etwas zu sagen. Ich humpelte zum

Fenster und öffnete es. Lautes Rattern eines Lastwagens drang herein.

»Die letzten Konzerte waren miserabel. Das habe ich dir doch gesagt. Die Nervosität lässt mich stagnieren.« Er schaute mich mit einem ruhigen, aufmerksamen Blick an: »Lou, ich kann es nicht mehr. Wenn es so weitergeht, werde ich bald auf Hochzeiten spielen.«

»Wenn was so weitergeht?«

»Ich weiß nicht, was, Lou. Ich weiß es einfach nicht.« Er legte seinen Kopf auf meinen Schoß. Meine Hand glitt durch sein Haar. Ich wusste nicht, wie ich ihm helfen konnte. Oder mir.

»Bist du dir sicher, dass du nicht mitfahren möchtest? Vielleicht würde dir eine Auszeit guttun.«

»Oh Gott, nein«, stöhnte er. »Ich muss nach Salzburg.«

Kurz nach Mitternacht buchte ich die Reise. Sergej und Rosa schliefen nebeneinander in unserem Bett. Rosa hatte ein Bein um ihn geschlungen und schnarchte leise. Diese Augenblicke der absoluten Ruhe waren die glücklichsten in unserem Familienleben.

Bei meiner Buchung fand ich heraus, dass das, was als Resort angekündigt worden war, in Wirklichkeit ein All-inclusive-Hotel direkt am Strand war. Die Selbstbestimmung würden wir an ein Touristik-Unternehmen delegieren, oder, wie meine Mutter es formulierte: Wir würden uns um nichts kümmern müssen. Ein Bus würde uns am Flughafen abholen, ins Hotel fahren, und danach würden wir die Hotelanlage nur verlassen, um zum öffentlichen Strand zu gehen. Es war genau die Art von Urlaub, die ich aus Habitus-Gründen mein ganzes Leben lang vermieden hatte oder mir einbildete, vermeiden zu müssen. Ein Urlaub, der nichts mit Kultur zu tun hatte, weder mit meiner noch mit einer anderen, und schon gar nicht mit der Hochkultur. Es war Massentourismus in seiner besten und schlimmsten Form. Aber der Pool sah auf den Bildern wirklich hübsch aus.

Die Hotel-Bewertungen auf diversen Foren legten nahe, dass das Resort ganz schön in die Jahre gekommen war. Es wurde moniert, der Pool sei nicht sauber, die Handtücher seien nicht groß und das Frühstückbuffet sei nicht abwechslungsreich genug. Allerdings war das alles ohnehin egal – die Wahl war bereits getroffen, und wir mussten uns anpassen. Es gab auch wirklich nichts gegen ein paar Tage am Meer einzuwenden. Ich bestellte Rosa einen Badeanzug und legte mich schlafen.

Ich hatte mir vor einem halben Jahr von der Arbeit in der Galerie freigenommen, um ein Buch über Aids in der New Yorker Kunstszene zu schreiben, und das Buch wollte ich schreiben, weil ich unser zweites Kind verloren hatte und danach nichts anderes tun konnte, als auf die Wand zu starren. Das Starren nannte ich manchmal Recherche, und manchmal blätterte ich in einem meiner Bücher. Ich war auf der Messe in Miami gewesen und im sechsten Monat schwanger, als ich mehrere Tage lang keine Kindsbewegungen mehr gespürt hatte. Eine amerikanische Ärztin bescheinigte mir für 1000 Dollar den Tod meines Kindes. Ich flog mit meiner toten Tochter im Bauch über den Atlantik und gab der Galerie die Schuld, was natürlich Unsinn war, mir die Sache aber vorerst leichter machte.

In den ersten Wochen nachdem ich das Kind verloren hatte, dachte ich noch, ich könnte so weitermachen wie davor, doch bald schaffte ich es nicht einmal mehr aus dem Bett. Sergej schlich um mich herum, unfähig, mit seiner oder meiner Trauer umzugehen. Wir redeten nicht über das Kind. Wir saßen einander schweigend gegenüber oder lagen zusammen im Bett. Wir glaubten, wir würden es aushalten und irgendwann würde es besser werden. Dann dachte ich mir das Buchprojekt aus, um mir eine kleine Pause zu verschaffen, in der ich wieder zu mir finden konnte.

Während ich in der Kunstbibliothek saß und über die Aids-Krise las, die zeitlich noch nah war und dennoch nichts mit mir zu tun hatte, bekam ich zunehmend das Gefühl, dass ich mein Vorhaben nicht wirklich durchdacht hatte. Ich hatte noch keine zehn Seiten geschrieben und quälte mich. Während die Anzahl der ungelesenen Bildbände auf meinem Schreibtisch wuchs, beschäftigte ich mich mit allem Möglichen, nur nicht mit meinem Manuskript. Ich versuchte, die Leere in mir mit Wissenschaft zu füllen, und griff stattdessen zu Süßigkeiten: Das Baby hatte nicht mehr als zwei Packungen goldener Bonbons gewogen. Jeden Morgen wog ich diese Menge aufs Neue ab und legte sie in meine Tasche, um sie den ganzen Tag bei mir zu spüren. So lange, bis Rosa die Bonbons fand.

Nachdem ich Rosa mit dem Auto zum Kindergarten gebracht hatte, fuhr ich zu meiner ehemaligen Arbeitsstelle. Als ich dort ankam, parkte ich auf der gegenüberliegenden Straßenseite, stieg aber nicht aus. Die Galerie befand sich in einem dieser Berliner Neubauten, die wie weiße Würfel mit bodentiefen Fenstern aussahen. Das Gebäude hatte nichts mit den hässlichen Bauten gemein, die in den fünfziger Jahren hochgezogen worden waren, um Baulücken zu schließen. Der Wohlstand, den es ausstrahlte, wirkte auf mich trotzdem bedrohlich.

Ich hatte keinen Plan, ich saß einfach nur da, die Hände im Schoß. Ich dachte an nichts. Es war ein grauer, kalter Tag, wie so viele in Berlin, und die Galerie war noch geschlossen. Irgendwann, es können Minuten oder Stunden gewesen sein, ging die hohe Eingangstür auf, und meine ehemalige Chefin Octavia trat heraus. Ein Assistent in dunklem Anzug hielt ihr die Tür auf. Octavia war nur ein wenig älter als ich, hatte aber bereits mehrere Filialen auf der ganzen Welt aufgebaut. Ich war jahrelang ihre engste Mitarbeiterin gewesen und habe mit ihr mehr Zeit verbracht als mit irgendeinem anderen Menschen.

Sie trug ein Tablett mit zwei weißen Tassen, kam auf mein Auto zu, legte das Tablett auf dem Dach ab, öffnete die Tür, nahm die beiden Tassen wieder herunter und setzte sich neben mich. Sie sagte nichts. Ich gab mir Mühe, nicht zu weinen. Sie hielt mir eine Tasse hin.

»Danke«, sagte ich.

»Weißt du«, Octavia sah mich aufmerksam an, »wenn du irgendwann beschließt, dass du das Buch doch nicht schreiben möchtest, kannst du jederzeit zurückkommen.«

»Ich habe alles im Leben und bin trotzdem unglücklich«, sagte ich nach einer Weile.

»Es geht nicht um alles.«

»Worum geht es dann?«

»Das musst du selbst wissen.« Octavia sah mich an: »Ich habe über das Thema nachgedacht. Über das du schreibst.« Sie trug eine Perücke aus Echthaar, die von einer jüdisch-orthodoxen Manufaktur in Brooklyn stammte und nach Naomi Campbell benannt war. Das Haar floss elegant ihren geraden Rücken hinunter.

»Ja?«

»Du weißt doch, dass du dieses Buch gar nicht brauchst. Was willst du damit? Eine Intellektuelle werden? Du bist doch schon promoviert. Dieses Buch bringt dir gar nichts, Frau Doktor.«

»Du hast über mein Thema nachgedacht?«

»Das Einzige, was sich durch Aids verändert hat, ist die Kunst, die nicht erschaffen wurde.«

Ich nickte, obwohl das eine Plattitüde war und Octavia das genauso gut wusste wie ich. Aber sie legte es darauf an.

»Ich möchte, dass du am Freitag zur Vernissage kommst!«

»Ich weiß nicht.«

»Komm einfach.«

»Gut.«

Sie beugte sich zu mir herüber und gab mir einen Kuss auf die Wange. Dann stieg sie aus.

Das Buffet bestand aus kleinen Horsd'œuvres, die von einer aus den USA extra eingeflogenen Food-Artistin stammten. Tatsächlich waren es kleine Kuchen und Sandwiches, die dieselben Farben hatten wie die Gemälde an den Wänden. Der Raum war voller Menschen in Designerkleidung mit unaufdringlichem Schmuck, der teilweise wertvoller war als unsere Wohnung. Die meisten schenkten den Tabletts mit dem Champagner mehr Beachtung als der ausgestellten Kunst. Die Künstlerin selbst stand alleine in einer Ecke. Bei ihren Arbeiten handelte es sich um großformatige, hyperrealistische Porträts der Generalsekretäre der Kommunistischen Partei Chinas. Sie hatte bei jedem Bild winzige Kleinigkeiten verändert, so dass die Gesichter grotesk wirkten, und es dauerte lange, bis man dahinterkam, welche Änderungen sie vorgenommen hatte. Als Octavia mich sah, kam sie auf mich zu, legte ihre Hand auf meinen Rücken und bugsierte mich zu einer Gruppe reicher Sammlerinnen, die sich gerade darüber unterhielten, dass die gesamte New Yorker Kunstwelt von einer Clique junger schwuler Männer dominiert wurde.

Vier der fünf Frauen kannte ich von verschiedenen Messen und Vernissagen. Wir begrüßten uns mit einem Nicken. Octavia erzählte, dass ich gerade eine Auszeit nähme, um zu schreiben. Ich korrigierte sie nicht und merkte, wie sich mein Gesicht und meine Muskulatur entspannten.

»Und worüber schreiben Sie?«, fragte mich eine der Frauen, die extrem lange Beine und durchtrainierte tätowierte Arme hatte, ihre Hände umklammerten eine Chanel-Clutch.

»Über die Auswirkungen der Aids-Krise auf die New-Yorker Kunstszene«, kam Octavia mir zuvor.

Die Frauen schienen von Octavias Erklärung unangenehm

berührt, doch ich lächelte ihnen aufmunternd zu. »Gefällt Ihnen die Ausstellung?«, fragte ich in die Runde.

»Hm«, erklang es undeutlich.

»Was interessiert Sie an dem Thema?«, fragte mich eine andere Frau mit einer perfekten Blondierung.

»Wie es ist, alles zu verlieren.«

Sie nickte und sagte sichtlich irritiert: »Ich verstehe Sie.«

Eine lähmende Gesprächspause entstand. Octavia gab sich Mühe, das Gespräch wieder in Gang zu bringen, und erzählte von ihrem Kindermädchen, was alle erheiterte, denn das Kindermädchen war *weiß* und wurde stets für die Mutter gehalten, während Octavia für die Lehrerinnen der teuren Privatschule in Mitte die Nanny blieb. Diese Geschichte erzählte Octavia immer, wenn sie der Meinung war, dass die Situation nicht mehr zu retten war.

»Ich stelle dir mal die Künstlerin vor, sie ist neu bei mir unter Vertrag«, sagte Octavia nach einer Weile, während die anderen Frauen miteinander zu reden begannen, und ich folgte ihr quer durch den Raum, wo die Künstlerin in der Nähe der Toiletten stand und fast panisch reagierte, als sie uns sah. Ihre Haare waren blondiert, ein dunkler Ansatz war bereits deutlich zu sehen, was aber irgendwie cool und nicht vernachlässigt aussah. Sie trug klobige Schuhe, einen kurzen schwarzen Rock und ein hässliches T-Shirt, das sicherlich ironisch gemeint war und dennoch zu ihrer winzigen Prada-Tasche passte, die ganz unironisch ein Original war und nicht wie meine von einem Basar in Istanbul stammte.

»Bitte erlöse mich von ihr. Jedes Mal wenn ich mit ihr spreche, will ich sie umbringen, aber ihre Werke verkaufen sich wie verrückt«, flüsterte Octavia mir ins Ohr und verschwand.

»Tolle Ausstellung«, sagte ich zu der Künstlerin.

Sie nickte unbestimmt. Ich hatte den Reflex, mich umzudrehen und zu gehen, wie es Octavia gerade getan hatte, aber irgendetwas hielt mich davon ab. Wir blieben nebeneinander stehen, ohne zu sprechen. Der Raum füllte sich mit weiteren Menschen, es wurde stickig und warm. Ich achtete darauf, mich nicht zu bewegen, nur ab und zu verlagerte ich das Gewicht von einem Fuß auf den anderen.

»Meine Freundin hat mich heute Morgen verlassen, eigentlich hätte sie hier sein sollen«, sagte die Künstlerin nach einer Weile. Sie war schon sichtlich angetrunken, und ihre Augen wurden feucht.

»Das tut mir leid«, sagte ich. Sie sah mich an wie eine Außerirdische.

»Mehr fällt dir dazu nicht ein?«, sagte sie.

»Eigentlich nicht.«

»Eigentlich nicht?«

»Nein. Menschen trennen sich. Hat sie gesagt, warum sie dich verlässt?«

»Eigentlich nicht.«

»Eigentlich nicht?«

Sie lachte. Es war ein lautes Lachen, das erst fröhlich klang, dann aber bedrohlich. Vielleicht war sie verrückt. Viele von den Künstlern, die Octavia betreute, waren verrückt und wären in anderen Zusammenhängen längst auffällig geworden, aber Octavia meinte, das sei gar nichts im Vergleich zu ihrer Kindheit in einem armen Stadtteil von Lagos.

Ich ging nach draußen. Die Luft war klar, und es war eine der seltenen Berliner Nächte, in denen die Sterne am Himmel sichtbar wurden. Ich starrte nach oben und versuchte, die einzelnen Sternbilder ausfindig zu machen, aber ich hatte keine Ahnung, welche Sterne zusammengehörten. Sergej hatte vor einem Jahr ein Teleskop gekauft und es auf unseren Balkon gestellt, doch wegen der Lichtverschmutzung konnten wir kaum etwas sehen. Die Sammlerin mit den tätowierten Armen stellte sich zu mir und reichte mir eine Zigarette. Ich schaute sie an, und sie lächelte. Während sie mir Feuer gab, berührten sich kurz unsere Hände.

»Meine Großmutter war in den Lagern. Ich habe mit ihr in Brooklyn gelebt, in einem Haus, wo es keine Gegenwart gab, sondern nur die Vergangenheit. Sie ist für immer in diesem Lager geblieben, während meine Mutter jede Gelegenheit ergriffen hat, ihr und mir zu entkommen.«

Da es dazu nichts zu sagen gab, nickte ich. Sie legte ihre Hand auf meinen Handrücken und drückte ihn leicht. Ich konnte ihr Parfum riechen.

»Möchten Sie einen Apfel?« Sie zog plötzlich einen Apfel aus ihrer Handtasche.

Ich nahm ihn, er passte perfekt in meine Hand.

»Und jetzt?«, fragte ich unwillkürlich.

»Wir sind doch nicht in Grimms Märchen«, sagte sie und lachte.

Ich steckte den Apfel in meine Tasche und drehte mich um.

Auf dem Weg zurück in die Galerie griff jemand nach meinem Arm. Drinnen war es nun deutlich voller als noch vor einer halben Stunde. Eine DJane spielte laute elektronische Musik.

»Willst du tanzen?«, fragte mich die Künstlerin.

»Hier tanzt doch keiner«, sagte ich zögernd.

Sie schaute mich erst entgeistert an, dann lachte sie: »Doch nicht hier, beeil dich, unser Uber wartet.«

Mir war nicht klar, dass ein »uns« existierte. Ich war mittlerweile auch leicht angetrunken und beschloss, mich mitziehen zu lassen. Sergej war zu Hause, Rosa schlief, es gab keinen zwingenden Grund, nein zu sagen.

Der Fahrer, ein Mann in derjenigen Phase seines Lebens, von der behauptet wird, sie sei die beste, schaute uns missbilligend an. Er erkundigte sich, ob die Adresse stimmte, und grunzte. Die Künstlerin beachtete ihn nicht und scrollte konzentriert durch ihren Instagram-Feed.

Wir stiegen vor einem Club aus, von dem ich noch nie etwas gehört hatte, und gingen zum Eingang. Die Türsteherin umarmte die Künstlerin und ließ uns hinein. Ich war seit Jahren in keinem Club mehr gewesen, und nun wusste ich auch wieder, warum. Der Raum war voll, die Musik laut und penetrant, vor der Bar bildete sich eine riesige Schlange. Die Künstlerin ging sofort auf die Tanzfläche und fing an, sich im Rhythmus der Musik zu bewegen. Ich schaute ihr eine Zeitlang beim Tanzen zu, trank einen Wodka und wollte mich dann verabschieden. Ich ging auf sie zu und schrie ihr ins Ohr, dass ich nun gehen würde. Sie schüttelte den Kopf. Ich lächelte und setzte meinen Körper in Bewegung. Sie hielt mich fest, drückte mich an sich. Mir fiel der Apfel wieder ein, ich holte ihn aus meiner Tasche und gab ihn ihr. Dann küsste ich sie auf die Wange, sie drehte ihr Gesicht ein wenig zu mir, wir küssten uns auf den Mund, und nach ein paar Augenblicken löste ich mich von ihr. Während ich mich von ihr entfernte, biss sie in den Apfel und winkte mir von der Tanzfläche aus zu. Als ich mich am Eingang nach ihr umdrehte, tanzte sie bereits mit jemand anderem.

Sergej hatte uns nicht zum Flughafen gebracht. Für Abschiedszeremonien war er zu beschäftigt und auch nicht sentimental genug. Immerhin hatte er unsere Koffer hinuntergebracht und sie dem Taxifahrer in die Hand gedrückt, der sie vorsichtig im Kofferraum verstaute. Sergej küsste erst Rosa und dann mich und war verschwunden, noch bevor das Taxi losgefahren war.

Kurz vor der Abreise hatte ich Rosa angeschrien und fühlte mich jetzt schlecht. Ich hatte mich zwar entschuldigt und ihr sogar erlaubt, fernzusehen, aber das schlechte Gefühl war geblieben. In der Zeit, in der ich versuchte, in letzter Minute unsere Koffer zuzukriegen, hatte sie in der Küche alle Töpfe aus den Schränken herausgeholt, sie umgedreht und auf ihnen getrommelt. Es war eine ganze Schlagzeugbatterie, auf die sie mit Kochlöffeln einschlug. Während ich sie anbrüllte, hatte Sergej mich strafend angeschaut. Nun streichelte ich auf der Rückbank Rosas Hände, doch sie beachtete mich nicht. Rosa und meine Mutter sahen sich verblüffend ähnlich, als ob es meinen und Sergejs genetischen Beitrag niemals gegeben hätte. Aber auch ich selbst wurde mit dem Alter meiner Mutter immer ähnlicher. Aus meinem Mund kamen ihre Sätze: »Weil ich es sage!«, »Geh auf dein Zimmer!«, »Iss auf!« Vielleicht waren es auch Rosas Sätze, die meine Mutter übernommen hatte. Meine Tochter war immerhin nach ihrer Großmutter benannt worden.

Als ich aufwuchs, war ich oft auf die deutschen Kinder eifersüchtig gewesen, auf ihre Kinderzimmer voller Spielzeug und ihre Eltern, die ihnen ausgiebig Dinge erklärten und Bücher vorlasen. Meine Mutter hatte weder Zeit noch Geduld für so etwas. Die Stimmung in unserem Haushalt war angespannt, das Geld knapp, die Wohnung zu klein. Wir mussten immer das

Licht ausmachen, wenn wir das Zimmer verließen, denn Elektrizität war teuer, Musikunterricht oder ein Tanzkurs ebenso, und wenn ich ein Buch haben wollte, musste ich darauf hoffen, es in der Stadtbibliothek zu finden. Ich stritt mich mit meiner Mutter, und meine Eltern stritten miteinander, bis meine Mutter meinen Vater vor die Tür setzte und wir ihn nie wiedersahen. Mit dem Moment, in dem er die Tür hinter sich zuzog, brach er auch den Kontakt zu mir ab.

Meine Mutter hatte meinen Vater am Konservatorium kennengelernt, als sie gerade achtzehn geworden war und im ersten Semester Musik studierte. Er war vierzig und ihr Professor. Sie hielten die Affäre ein Jahr lang geheim, bis meine Mutter schwanger wurde und eine Abtreibung verweigerte. Dadurch wurde es meinem Vater unmöglich, die Affäre vor seiner Frau weiter geheim zu halten, also musste er sich von ihr trennen und meiner Mutter einen Antrag machen. Zehn Tage nachdem ich auf die Welt gekommen war, heirateten sie. Damals war das ein Skandal, und hätte meine Mutter irgendwelche Hoffnungen gehabt, eine richtige Pianistin zu werden, wären sie zerschmettert gewesen. Sie galt als Ehebrecherin.

Mein Vater hatte Musiktheorie unterrichtet, ein in seinen Augen in Deutschland eher vernachlässigtes Fach, weshalb er sich hier niemals ernsthaft um eine Arbeit bemüht hatte. Dafür um Geliebte, denen er den Schmuck meiner Mutter schenkte.

Sobald er ausgezogen war, fing meine Mutter an zu putzen. Leise, aber systematisch leerte sie Schubladen, wischte sie aus, ordnete die Töpfe und die Pfannen neu an, entsorgte abgelaufene Lebensmittel, als ob sie jede Spur von meinem Vater beseitigen wollte. Die neue Stille in der Wohnung war ungewohnt, ließ sich aber mit dem Fernseher übertönen, und schon bald hatten wir uns an sie gewöhnt. Wir sprachen nie wieder über ihn.

Wenn ich nun mit Rosa zusammen war, achtete ich auf meine Stimmlage, las ihr jeden Abend vor, schenkte ihr Holzspielzeug, mit dem sie niemals spielte, und kam mir dennoch wie eine Betrügerin vor. Ich schlich mich in ein Leben, das nicht für mich bestimmt war und sich auch nicht richtig anfühlte. Sergej und ich waren beide nicht mit viel Geld aufgewachsen, nicht einmal mit einer abstrakten Vorstellung davon. Natürlich hatten wir gewusst, dass wir arm waren, aber wir waren auch stolz, denn wir hatten den altmodischen sowjetischen Kulturkanon, den unsere Eltern uns aufgezwungen hatten. Die Bildung unserer Eltern schützte uns davor, Minderwertigkeitskomplexe zu entwickeln. Nun aber hatten wir Geld – wenn auch nicht so viel, wie die meisten annahmen, doch genug, um darüber nicht ständig nachdenken zu müssen –, und wir hatten Jobs, deren Bezeichnungen für andere zumindest gut klangen. Trotzdem hatte ich das Gefühl, gegen eine unsichtbare Mauer zu laufen.

Im Taxi saß meine Mutter auf dem Beifahrersitz, obwohl das seit der Pandemie eigentlich nicht erlaubt war. Rosa und ich hatten sie auf dem Weg zum Flughafen abgeholt. Unsere Rollen hatten sich in den letzten Jahren unmerklich verschoben. Sie musste sich nicht mehr um mich kümmern, es sei denn, ich brauchte Unterstützung mit Rosa, die ich gern annahm, obwohl ich mich dabei immer unwohl fühlte. Meine Mutter liebte Rosa, aber manchmal ging sie mit ihr unwirsch um. Sie war streng, ungeduldig und gnadenlos zu sich selbst wie zu allen anderen. Sie liebte Rosa über alles, aber sie tat es nicht blind. Wenn Rosa wegen meiner Mutter weinte, war ich hin- und hergerissen. Auf der einen Seite tat sie mir leid, und ich wollte sie trösten. Doch da war zugleich etwas, das mich davon abhielt. Ich sprach niemals mit Sergej darüber. Genauso wenig, wie er jemals mit mir über seine Mutter diskutierte.

Meine Mutter sah abwechselnd auf die Straße und auf ihre Armbanduhr.
»Wir sind pünktlich«, sagte ich.
»Beschrei es nicht.«

AUGUST

Die Menschenmasse vor dem Check-in-Schalter schlängelte sich um die Absperrbänder und die Freifläche davor. Fast alle Wartenden waren Pauschaltouristen und hatten Kinder dabei, die entweder weinten oder aufgeregt hin und her sprangen. Dazwischen standen vereinzelte Rentner in kurzen Hosen und Strohhüten, die die Kinder mit Unbehagen anschauten. Es ging quälend langsam voran. Rosa zupfte immer wieder an meiner Hose und fragte, wann wir endlich dran wären – und ich fragte mich das auch: Viele der Menschen, die hier anstanden, verreisten nicht oft. Alle Unterlagen wurden umständlich zusammengesucht und einzeln am Schalter vorgelegt. Ich bereute die Reise schon, bevor wir den Schalter erreicht hatten, tröstete mich aber damit, dass wir in nur einer Woche zurück sein würden.

Nachdem wir eine Stunde später die Sicherheitskontrolle passiert hatten, waren meine Mutter und ich etwas entspannter. Sie hatte sogar mit einem jungen, auffallend gutaussehenden Security-Mitarbeiter geschertz, während er sie nach Waffen abtastete. In einem Café kauften wir Rosa ein Eis und für uns Kaffee und zahlten einen Betrag, der doppelt so hoch war wie der Monatslohn meiner Mutter als Klavierlehrerin kurz nach der Perestroika. Wir hatten sogar einen kleinen Spielplatz entdeckt, auf dem Rosa mit Aussicht auf das Rollfeld toben konnte. Allerdings hatte sie keine rechte Lust darauf und blieb einfach mürrisch neben mir auf der Bank sitzen.

»Wieso ist Papa nicht mitgekommen?«, fragte sie.

»Er muss arbeiten.«

»Kannst du nicht arbeiten?«

»Ich arbeite doch«, sagte ich.

»Nein, du bist hier.« Rosa schaute mich wütend an.

»Soll ich gehen?« Ich versuchte es mit einer rhetorischen Frage.

»Ich will Papa!« Obwohl ich die meiste Zeit mit ihr verbrachte, bekam Sergej von ihr immer die größte Anerkennung.

»Wir sehen ihn bald wieder.« Ich strich ihr durch die Haare, sie legte den Kopf auf meinen Schoß, blieb ein paar Minuten ruhig liegen und fragte dann wieder nach Sergej.

Den ganzen Flug über blieb Rosa schlecht gelaunt. Sie starrte auf ihr iPad mit den Zeichentrickfilmen und beschwerte sich immer wieder, dass ich die falschen Serien heruntergeladen hätte. »*Paw Patrol* ist für Babys!«, schrie sie mich an.

Sergej hatte sich nicht mehr gemeldet, was nicht ungewöhnlich war, denn es waren nur wenige Stunden seit unserem Abschied vergangen, aber er hätte sich zumindest erkundigen können, wie der Check-in gelaufen ist, fand ich. In den Tagen vor unserer Abreise hatte ich nochmal mit ihm sprechen wollen. Aber jedes Mal, wenn ich dazu ansetzte, kam etwas dazwischen: Entweder klingelte das Telefon, oder Rosa hatte etwas verloren; Sergej musste üben, mit Minna sprechen oder eine Reise buchen. Und wenn nichts dazwischenkam, zögerte ich einen Augenblick zu lange, und schon klingelte wieder das Telefon.

Ich versuchte Rosa davon zu überzeugen, aus dem Fenster zu schauen, zuerst auf die Wolken, die wie Zuckerwatte aussahen, und dann auf das Meer. Ich erzählte ihr eine Geschichte über unsere Reise, erzählte ihr von Inseln und Vulkanen, aber sie hörte mir nicht zu. Meine Mutter nippte an einem Plastikbecher mit Weißwein und blätterte gedankenverloren in einer Zeitschrift voller Klatsch. Ich nahm die kleine Weinflasche, die auf ihrem ausklappbaren Tablett stand, schraubte den Verschluss auf und trank sie aus. Meine Mutter zog die Augenbrauen hoch, sagte jedoch nichts.

Rosas Quengeln machte mich wahnsinnig, und jede Minute fühlte sich an wie eine Ewigkeit. Rosa war inzwischen dazu übergegangen, ständig ein und denselben Satz zu wiederholen: »Ich will hier raus! Ich will hier raus! Ich will hier raus!« Ich versuchte, ihr zu drohen, aber sie hörte trotzdem nicht auf. Die Airline hatte immerhin in weiser Voraussicht alle Familien mit Kindern im hinteren Teil des Flugzeuges platziert, so dass immer mindestens ein Kind für deutsche Standards zu laut war und die Eltern sich dennoch nicht allzu sehr schämen mussten. Wenn andere Menschen sich in unseren Teil des Flugzeuges begaben, um sich die Füße zu vertreten oder auf die Toilette zu gehen, warfen sie den Eltern hasserfüllte Blicke zu.

Sobald das Flugzeug sich im Sinkflug befand und vor uns braune Felsen auftauchten, schlief Rosa ein, und ich atmete auf. Als wir aussteigen mussten, nahm ich sie auf den Arm und trug sie bis zur Gepäckausgabe. Der Weg war weit, Rosas Körper schwer und warm. Die feuchtwarme Luft außerhalb des Flughafenterminals glich einer Plage, durch die wir durchmussten.

Vor dem Flughafengebäude warteten mehrere Busse. Unserer war leuchtend blau, geschmückt mit dem überdimensionalen Logo des Reiseveranstalters und nicht allzu neu. Der Fahrer wartete geduldig, rauchte und lud die bunten Koffer seiner Gäste in den Bauch des Busses, ohne die Zigarette aus dem Mund zu nehmen. Ich versuchte, mich an mein Schulspanisch zu erinnern, aber es war gar nicht nötig, alle sprachen Deutsch. Ich musste lediglich den Namen unseres Hotels aufsagen, und wir würden ohne unser Zutun dorthin befördert werden. Wir waren Urlauber am Fließband.

Der Bus fuhr nacheinander mehrere Hotels ab, schlängelte sich durch die Serpentinen, von den Bergen hinunter zum Meer und wieder hinauf, entlang den zerklüfteten Felswänden und vorbei an vereinzelten purpur und lila leuchtenden Jacaranda-Bäumen, Plastikmüll am Straßenrand, nicht fertig gebauten Ferienhäusern und riesigen Hotelanlagen, wo er Grüppchen von Urlaubern ablieferte. Das Meer blitzte immer wieder zwischen den Felsen auf. Die ganze Landschaft war dunkelbraun, braune Erde, braune Felsen, Kakteen. Meine Mutter sprach nicht, sondern starrte aus dem Fenster. Rosa war wieder auf meinem Schoß eingeschlafen.

Es war bereits später Nachmittag, als wir ankamen. Die Sonne senkte sich langsam über die Felsen, und die Urlauber verließen den Strand. Viele von ihnen hatten rote, von der Sonne verbrannte Haut, die sich schälte. Sie trugen riesige Schwimmringe in Form von Autoreifen, Flamingos, Dinosauriern oder Donuts und Taschen voller Spielzeug und Sonnencreme.

Unser Hotel hatte seine besten Tage hinter sich. Die Architektur erinnerte entfernt ans Bauhaus, klare Linien und kein unnötiges Beiwerk, Beton, der an die Felsen gegossen worden war. Die Eingangshalle war voller Marmor und abstrakter Kunstwerke, die aussahen, als hätten Vorschulkinder die Aufgabe bekommen, *Action Painting* zu imitieren. Das Restaurant dagegen war eine Kopie sozialistischer Speisehallen: Schlechtes Essen für alle, aber mehr davon, als man es sich im real existierenden Sozialismus hatte vorstellen können. Teller mit abgeschlagenen Rändern und unzähligen, über Jahre hin eingekratzten Furchen von Messern und Gabeln, Tischdecken mit ausgefransten Säumen. Auch wenn an vielen Stellen der Putz von den Wänden bröckelte und die Musik zu laut aus den Boxen dröhnte, machte die Anlage noch immer etwas her.

Wir hatten uns und unsere Koffer in einen der Aufzüge gezwängt und waren nach oben gefahren. Die Fahrstühle waren aus Glas und fuhren an der Außenwand des Hotels hoch und runter. Rosa drückte sich an die gewölbte Scheibe und sah zu, wie der Aufzug mit uns in den zehnten Stock raste, wo unser Zimmer war. Als wir ausstiegen, befanden wir uns in einem Zwischenraum, der die beiden Flügel des Hotels verband. Es war ein offener Raum mit Brüstungen, auf der einen Seite die Felsen, auf der anderen Wasser, das unter uns lag: Es gab drei Kinderpools und zwei große für Erwachsene, in einem von ihnen schwammen drei Frauen auf Luftmatratzen, die männlichen Genitalien ähnelten. Ich sah ihnen fasziniert von der Brüstung aus zu, bis meine Mutter mich ermahnte, weiterzugehen.

Von den Gästen, die zu Mayas Jubiläum anreisen sollten, waren wir die Ersten. Der Rest, mit dem wir seit Jahren nur abstrakten Kontakt pflegten, würde erst am nächsten Tag anreisen. Ich hatte gedacht, es wäre gut, einen Abend für uns allein zu haben, aber nun, während ich meinen und Rosas Kinderkoffer in unser Zimmer schob, fühlte ich mich elend.

Das Zimmer war in einer merkwürdigen Kombination aus Erd- und Blautönen gestaltet, hatte aber alles, was man brauchte: einen kleinen Balkon, der auf den Pool und das Meer hinausging, ein großes Badezimmer, ein frisch bezogenes Bett und einen Schrank, in dem sich Rosa verstecken konnte. Meine Mutter schlief im Zimmer nebenan.

Ohne die Koffer auszupacken, stellte ich mich unter die Dusche und blieb dort so lange, bis Rosa die Geduld verlor und hereinkam. Sie wollte sofort in den Pool, aber ich hatte keine Ahnung, wohin ich unsere Badeanzüge gesteckt hatte, und verspürte auch keine Lust, das ganze Gepäck zu durchwühlen.

Ich trocknete mich gerade ab, als sie anfing, meinen Körper kritisch zu betrachten. Kritischer, als ein Mann dies jemals getan hatte. Sie setzte sich auf den Toilettendeckel und fragte: »Mama, weshalb hängen deine Brüste so weit unten?«

»Sie hängen nicht«, sagte ich pikiert.

»Doch, bei anderen Frauen sind sie viel höher. Da«, Rosa zeigte auf ihr Brustbein. Ich sagte ihr, dass dies anatomisch nicht möglich sei, doch sie brachte mehrere Frauen ins Spiel, die ich allesamt kannte und deren Brüste tatsächlich nicht hingen, und ich wusste, dass ich weder sie noch mich vom Gegenteil würde überzeugen können.

Am nächsten Morgen wollte ich zum Strand gehen, aber Rosa wollte lieber am Pool bleiben, und so setzte ich mich in die pralle Sonne an den Rand eines vierzig Zentimeter tiefen Schwimmbeckens, schaute ihr in ihrem roten Badeanzug beim Spielen zu und blies ihr Wasserspielzeug auf. Ich hatte das Gefühl, zu verglühen, während Rosa im Wasser umhersprang, die Wasserrutsche auf und ab rannte und versuchte, mit den anderen Kindern zu kommunizieren, die nur Spanisch sprachen. Als eine Liege frei wurde, besetzte ich sie rasch, indem ich mein Handtuch hinlegte. Ich schob einen Sonnenschirm so zurecht, dass sein Schatten auf die Liege fiel, legte mich hin und schloss automatisch die Augen. Nur wenige Sekunden später riss ich sie wieder auf, weil mir einfiel, dass Rosa noch nicht schwimmen konnte. Aber ihr ging es gut, sie kämpfte gerade mit ihrem Plastikkrokodil. Ich machte ein paar Fotos für Sergej und schickte sie ihm. Er reagierte nicht.

Nach einer Weile, als Rosa rote Augen vom Chlor und blaue Lippen bekam, gingen wir auf die Terrasse des Hotel-Restaurants. Während wir uns an einer Selbstbedienungsstation Pommes nahmen, kam meine Mutter auf ihrem Rückweg vom Strand an uns vorbei und setzte sich zu uns.

Die Pommes waren lang, dünn und knusprig, wir aßen sie von Papptellern mit Bambusgabeln, die schon nach ein paar Bissen vom Ketchup durchweicht waren. Während Rosa kaute, schwieg meine Mutter. Sie schaute immer wieder nervös auf ihr Handy, denn Maya, deren zwei Kinder mit ihren Familien und die Schwester meiner Mutter mit meinen beiden Cousinen und meinem Cousin würden bald landen. Vorfreude sah allerdings anders aus. Das Gesicht meiner Mutter war angespannt, ihre Antworten waren kurz angebunden und unkonzentriert. Während manche Menschen im Alter zur Milde neigten, schien das Alter auf sie den gegenteiligen Effekt zu haben.

»Gibt es einen Plan für heute?«, fragte ich.
»Was für einen Plan?«, fragte meine Mutter erstaunt.
»Machen wir etwas zusammen?«
»Was sollen wir zusammen machen?«
Ich zuckte mit den Schultern.
»Ich glaube, wir essen zur gleichen Zeit.«
»Hält einer von ihnen koscher?«
Meine Mutter lachte laut auf.

Zwei Stunden später waren sie da. Meine Mutter, Rosa und ich waren gerade auf dem Weg in unsere Zimmer, als wir zufällig Zeuginnen wurden, wie mehr als ein Dutzend Menschen aus vier Taxis stiegen. Während sie in die Lobby liefen, die sie innerhalb von Sekunden mit Geschrei erfüllten, wurden aus den Fahrzeugen kleine, große, alte und neue Koffermodelle ausgeladen und zu einer bizarren Skulptur mitten auf dem Weg arrangiert.

Meine Mutter lief gleich zu ihrer Schwester Elena, während ich verlegen herumstand und mein Gewicht von einem Fuß auf den anderen verlagerte. Rosa schien ebenfalls überfordert zu sein und versteckte sich hinter mir, wobei sie so fest an meinem Rock zog, dass ich Angst hatte, er würde runterrutschen.

Elena und meine Mutter hatten schon immer ein angespanntes Verhältnis gehabt. Meine Mutter war das Nesthäkchen, ein Kind, das acht Jahre nach ihrer Schwester und nach etlichen Abtreibungen gekommen war, und ihre Mutter nicht wie Elena mit zu vielen Meinungen und Allüren, kurz: einer Persönlichkeit, in den Wahnsinn getrieben hatte. Eine besonders enge Geschwisterbindung oder gar eine Komplizenschaft entwickelten die beiden auch als Erwachsene nicht, dafür waren sie zu unterschiedlich. Aber den Kontakt zueinander verloren hatten sie auch nicht. Vielleicht aus Konvention, vielleicht aus Liebe schrieben sie sich immer wieder Nachrichten und facetimten vor den Hohen Feiertagen.

Meine Mutter war inzwischen dazu übergegangen, die anderen zu begrüßen, also kam Elena nun zu uns und umarmte mich lange. Dann beugte sie sich zu Rosa hinunter, um sie auf Augenhöhe zu begrüßen. Sie trug eine enge Hose und eine

Bluse mit Rüschen an den Ärmeln. An ihrer Brust steckte eine Blumenbrosche. Ihr Mann Rafik, mit dem sie mehr als fünf Jahrzehnte verheiratet war, trat neben sie und drückte mich fest an sich.

Maya sah erschöpft aus. Ihre Augen waren geschlossen, und sie saß in einem Rollstuhl, der vom Hotel zur Verfügung gestellt wurde. Ihr Haar war weiß und schütter, ein Anblick, den wir nicht gewohnt waren, denn sie hatte ihre Haare früher immer gefärbt. Offenbar hatte sie damit nach dem Tod ihres Mannes vor ein paar Jahren aufgehört. In Israel ging sie kaum noch allein aus dem Haus, doch nun war sie auf ihrer Grand Tour durch Europa. Sie hatte ihre Schwester, meine Großmutter, zwar um Jahrzehnte überlebt, aber keiner von uns hatte damit gerechnet, dass sie neunzig Jahre alt werden würde, und entsprechend behutsam gingen alle mit ihr um.

Meine Mutter lächelte wie ein General kurz vor der Schlacht, beugte sich zu ihr hinunter und ließ es zu, dass Mayas dünne Arme sich um ihren Hals schlossen. Die beiden verharrten eine Weile in der Umarmung, dann sagte meine Mutter: »Schön, dich zu sehen«, und riss sich los. Es klang in meinen Ohren recht kühl, aber ich hatte keine Zeit, darüber nachzudenken, denn nun war ich dran, und je näher ich Maya kam, desto mehr irritierte mich der Pudergeruch, der sie umgab. Sie versicherte mir, sie liebe mich wie eine Enkelin und ich sei meiner Großmutter wie aus dem Gesicht geschnitten. Rosa versteckte sich nun hinter meiner Mutter und starrte die ihr fremden Verwandten an.

Währenddessen versuchte Elena, die Kontrolle über die Gruppe an sich zu reißen, indem sie kurze Kommandos brüllte und wild gestikulierte. Mit ihrem Geschrei wollte sie erreichen, dass alle sich in einer Reihe aufstellten, und als ihr dies mehr oder weniger gelungen war, redete sie laut auf die Rezeptionistin ein, dass sie alle Zimmer nebeneinander bräuchten. Die Frau hinter dem Schalter schien Angst vor ihr zu haben.

Elenas Tochter Luzie war klein und zart, ihre Lippen waren rot angemalt und die Locken blondiert. Sie setzte sich demonstrativ auf das Sofa, während die anderen immerhin so taten, als würden sie in einer Schlange anstehen, schlug die Beine übereinander und wartete, bis die Situation sich irgendwie regeln würde. Zwischendurch rief sie meiner Tante gute Ratschläge zu. Ich versuchte, meine Gesichtszüge im Griff zu behalten. Es war schwer zu sagen, ob Luzie helfen wollte oder sich über Elena lustig machte.

Als Kind hatte ich unbedingt so sein wollen wie Luzie. Sie war etwa zehn Jahre älter als ich, unabhängig, gab nichts auf die Meinung anderer, arbeitete beim Fernsehen und rauchte ohne Unterlass. Mittlerweile war sie bei einer russischsprachigen Zeitung angestellt, die radikale Ansichten vertrat. Sie rauchte auch nicht mehr. Stattdessen schien sie auf Abstand zwischen sich und den anderen zu achten. Ihr Sohn Nir würde nächstes Jahr zur Armee gehen und hatte seine Freundin mitgebracht, mit der er nun knutschend in der Ecke stand, als wären sie alleine. Er war groß und schlaksig und sah aus, als ob er zu schnell gewachsen und in seinem neuen Körper noch nicht angekommen wäre. Seine Freundin dagegen war klein und sehnig, sie hatte lange braune Haare und Arme voller Tätowierungen. Sie trug ein schwarzes T-Shirt, keinen BH und eine Levis-Jeans.

Luzies Mann tat so, als müsse er auf die knutschenden Kinder und die Koffer aufpassen. Er war einen Kopf kleiner als sie und wirkte angespannt. Ich hatte seinen Namen vergessen.

Mayas ältester Sohn Jenja war wie immer darauf bedacht, Luzies Mann nicht zu nahe zu kommen. Er stand draußen bei der Mülltonne am Hoteleingang und spielte auf seinem Smartphone. Er war dürr, kaum größer als einen Meter sechzig, sah aus wie eine Eule und ging auf die siebzig zu. Wenn er sprach, dann tat er es in vollkommener Monotonie. Als er sich von seiner Frau hatte scheiden lassen, hatte er nicht das gemeinsame Sorgerecht für die Kinder verlangt. Er wollte lediglich den Hund, den er auch bekam. Seine drei Kinder hatte er seit der Scheidung nicht mehr gesehen. Genauso wenig wie der Rest der Familie.

Mayas Tochter Sonja war mit ihrem Sohn Vlad da, der seine Ehefrau Dana und die beiden Töchter dabeihatte. Sie waren Zwillinge, fünfzehn Jahre alt, und taten alles, um den Eindruck zu erwecken, dass sie nicht zu uns gehörten. Elena verhandelte weiter mit der Frau an der Rezeption über die Zimmer. Sonja schaute ihr sichtbar missgelaunt zu und wartete nur darauf, sich einmischen zu können. Sie schob nun Mayas Rollstuhl zur Rezeption. Es schien in den Verhandlungen einen Durchbruch gegeben zu haben, denn Elena trat zur Seite und ließ die anderen Familienmitglieder vor. In der Hand hielt sie ihre und Mayas Zimmerkarten.

»Geht es Maya gut?«, fragte ich meine Tante, so leise es ging. Meine Mutter und ich standen neben ihr in der Schlange an der Rezeption, Vlad ebenfalls. Als die anderen sahen, dass die Schlange sich vorwärtsbewegte, kamen auch sie näher.

»Sie ist nur ein wenig müde«, antwortete sie in einem Ton, der meine Sorgen zerstreuen sollte und mich umso mehr alarmierte. Meine Mutter verdrehte die Augen.

»Wir hätten einfach in Eilat feiern sollen«, sagte mein Cousin Vlad. »Wessen verdammte Idee war das, hierherzukommen?«

Meine Tante starrte ihn feindselig an, es war ihre Idee gewesen, nachdem Maya das Preisausschreiben gewonnen hatte. Vlad ignorierte ihren Blick.

»Ich will noch etwas von der Welt sehen, bevor ich sterbe«, sagte Maya mit geschlossenen Augen.

»Ich hoffe, du planst nicht, hier zu sterben«, sagte Vlad, wenn auch leise. Er sah gut aus: Sein Gesicht war gebräunt, und das Haar war zwar dünn, aber noch durchaus vorhanden und nach hinten gekämmt. Vlad war durchtrainiert und schlank, trug eine randlose Brille und ein blaues Poloshirt.

»Du hältst uns nur auf, lass uns einchecken«, sagte meine Tante und schob den Rollstuhl an uns vorbei. Hinter uns stand eine deutsche Reisegruppe, die eigentlich vor meinen Verwandten angekommen war, sich aber nicht traute, etwas zu sagen. Die Deutschen versuchten, durch Husten und Augenverdrehen auf ihrem Recht zu bestehen, kamen jedoch nicht gegen Elena an. Maya sah sie mit großem Interesse an, aber zum Glück wurde sie auf ihr Zimmer gebracht, damit sie beim Abendessen ausgeruht wäre. So zumindest die Hoffnung. Genau wie Vlad war ich ziemlich sicher, dass sie ihr Jubiläum nicht überleben würde.

»Möchtest du was trinken?«, fragte Vlad mich, als Elena und Maya außer Sichtweite waren. Meine Mutter und Rosa hatten beschlossen, mal wieder Eis essen zu gehen, und alle anderen hatten sich, nicht ohne großes Geschrei, auf die beiden Hotelaufzüge verteilt, während er und ich langsam in die dunkle und leere Hotelbar gingen. Vlad war nur ein paar Jahre älter als ich, aber als ich klein war, war dieser Graben unüberbrückbar erschienen. Während ich noch ein Kind war, war er bereits Teenager und, wie es mir damals schien, in alle Geheimnisse der Erwachsenen eingeweiht. Er teilte sie großzügig mit mir in den Sommern, die ich damals noch in Israel verbrachte. Ich hatte mir immer gewünscht, er wäre mein Bruder gewesen. Sein Interesse an mir war für mich eine Auszeichnung, die wichtigste und einzige, die ich bis dahin erhalten hatte. Doch irgendwann verschwand erst die Ungezwungenheit zwischen uns und dann die Nähe. Wir hatten immer wieder halbherzige Anläufe unternommen, den Kontakt wieder aufzunehmen, aber es gelang uns nicht. Wir wurden zu Fremden.

Vlad trank seinen zweiten Whisky, ich einen Gin Tonic. Die Getränke waren ebenfalls *all inclusive* und bestanden größtenteils aus Eis, was das Hotel wahrscheinlich vor Randale bewahrte.

»Ich weiß wirklich nicht, wie wir die nächsten Tage überstehen sollen«, sagte Vlad: »Nur Irre können sich so etwas ausdenken. Eilat wäre genauso gut gewesen, wenn nicht sogar besser.«

Eine Gruppe sehr lauter britischer Touristen kam herein und bestellte Bier. Sie setzten sich an den Nebentisch und fingen sofort an, über den Brexit und die Einwanderung zu streiten. Ihre Arme waren tätowiert, die Gesichter entspannt.

»Gab es bei diesem Preisausschreiben, bei dem Maya die Reise gewonnen hatte, auch andere Ziele?«, fragte ich.

»Mexiko. Aber wir waren froh, dass Maya die Reise nach Gran Canaria gewonnen hat. Elena sagte, es wäre für euch näher.«

»Es ist dieselbe Flugzeit wie nach Israel.«

Vlad zuckte mit den Schultern: »Wärst du lieber dort?«

»In Mexiko?«

»Nein, Israel«, sagte Vlad.

»Glaubst du, Maya wäre nach Mexiko geflogen?«, fragte ich.

»Ich hoffe nicht«, er lachte. »Auf der anderen Seite ist es wirklich gut, aus diesem Land herauszukommen. Unsere Regierung besteht gerade nur aus Idioten, Kriminellen und Betrügern.«

Ich schaute aus dem Fenster auf den Pool und zögerte eine Antwort hinaus, da ich verhindern wollte, Vlads politische

Ansichten mitgeteilt zu bekommen, die sich als rechts erweisen könnten. Dann würde ich mich mit ihm den ganzen Urlaub über streiten müssen, würde immer wütender werden und doch nichts ausrichten.

»Reicht es dir nicht manchmal auch?«, fragte er irgendwann und schob sich eine Handvoll Erdnüsse in den Mund, während er sehnsüchtig zu der Männergruppe hinüberschaute, die inzwischen auf dem Fernseher in der Ecke ein Fußballspiel verfolgte. Ich hatte weder eine Ahnung, wer spielte, noch, ob das Spiel wichtig war, aber alle starrten gebannt hin.

Ich gab einen unbestimmten Laut von mir.

»Ihr habt es gut in Deutschland«, sagte er.

Ich protestierte laut.

»Unser ganzes Land ist irre«, er schien mit sich selbst zu sprechen.

»Wieso bleibst du dann?«, fragte ich.

»Ich hätte niemals heiraten dürfen«, sagte Vlad.

»Du hättest jemand anderen geheiratet und die gleichen Probleme gehabt«, sagte ich, nachdem wir uns wieder mehrere Minuten lang angeschwiegen hatten.

Er schaute mich an, als ob ich wahnsinnig wäre. »Nichts wäre gleich.«

Ich hatte eigentlich gar keine Ahnung, was er für Probleme hatte. Vlad stand auf, ging zum Tresen, wo er sich noch einen Whisky bestellte, und verließ die Bar mit dem Glas in der Hand, ohne sich noch einmal umzuschauen.

Am frühen Abend trafen wir uns alle in einem abgesonderten Restaurantbereich draußen mit Blick auf die Klippen und das Meer, wobei abgesondert nur hieß, dass es ein Seil gab, das unsere Tische von den anderen abschirmte. Daneben stand ein Ständer mit der Aufschrift »VIP«. Hinter den Tischen begann ein kleiner Garten, wo riesige Oleanderbüsche mit gelben, weißen und rosa Blüten wuchsen. Die Sonne ging gerade unter, und es wurde kühler. Entferntes Meeresrauschen drang zu uns herauf. Elena trug wieder ein Kleid mit einer riesigen Blumenbrosche. Sie saß neben Maya. Vlad stand mit seiner Frau und seiner Schwester zusammen, ihre Kinder spielten an einem anderen Tisch mit ihren Handys. Rosa schmiegte sich enger an mich, und ich versuchte sie zu überreden, eine Jacke anzuziehen.

Maya saß sehr gerade auf ihrem Stuhl. Ihren Rollator hatte sie in einer Ecke abgestellt. Mir fiel auf, wie mager sie geworden war. Sie wirkte durchscheinend, fragil. Meine Mutter und ich bückten uns nacheinander zu ihr hinunter und ließen uns die Wangen küssen. Rosa wollte sich nicht küssen lassen, sondern streckte stattdessen ihre Hand aus, die Maya nicht beachtete. Ich hatte ihr ein Kleid aus Vichy-Stoff angezogen und Zöpfe geflochten, obwohl sie beides verabscheute. Maya fragte, weshalb Rosa so deutsch sei. Woraufhin Rosa sich zu mir umdrehte und flüsterte: »Weiß sie nicht, dass ich deutsch bin?«

Es war das erste Mal, dass ich hörte, wie Rosa sich mit einer Herkunft identifizierte, und dass es die deutsche war, versetzte mir einen Stich. Aber was hatte ich erwartet? Immerhin war ich diejenige gewesen, die zusammengezuckt war, als Rosa vor zwei Monaten im Schwimmbad einem unbekannten Mädchen erzählt hatte, sie sei jüdisch. Als Kind sollte ich nie sagen, dass ich jüdisch bin. Es war eine Vorsichtsmaßnahme, die sich aus der Erfahrung meiner Eltern ergab. Ich wollte etwas Besseres für meine Tochter, doch während sie wie selbstverständlich mit Wildfremden darüber sprach, krampfte sich in mir alles zusammen. Wir hatten ihr nicht einmal beigebracht, wie man sich selbst schützt.

Rosa war von ihrer Verwandtschaft eingeschüchtert und stand stumm neben mir. Ich hätte mich auch gern an meine Mutter geklammert, aber sie saß inzwischen neben Elena und besprach im Flüsterton irgendwas mit ihr. Rosa war das einzige Kind, das noch fließend Russisch sprach, und ich war mir nicht sicher, ob ich stolz darauf sein sollte oder ob meine ganzen Bemühungen, ihr diese Sprache beizubringen, sinnlos gewesen waren. Was hatte sie schon von Russisch, der Sprache eines faschistoiden Landes, das sie in den nächsten Jahrzehnten nicht einmal würde bereisen können? In Berlin hörte man es ohnehin an jeder Straßenecke, weshalb sie nicht einmal berufliche Vorteile haben würde.

»Wo ist denn Sergej?«, fragte Elena jetzt an mich gewandt.

»Bei einem Festival in Salzburg.«

»Kommt er nach?«

»Ich glaube nicht.«

»Verdient er viel?« Sie tätschelte meine Schulter.

»Ich glaube, genug.«

»Weißt du nicht, wie viel?«

»Doch.«

»Hoffentlich passiert ihm nichts.«

»Was soll ihm denn passieren?«

»Keine Ahnung, eine jüngere Frau.«

»Elena, sei doch still«, sagte meine Mutter. Ich sah den erschrockenen Ausdruck in ihren Augen.

»Weißt du noch, was Lina passiert ist? Oder Sarah?«, insistierte Elena.

Meine Mutter nickte schuldbewusst, und ich wurde wütend. Nicht so sehr wegen der Unterstellung, sondern weil in Salzburg eine blonde Schickse mit langen Beinen auf Sergej wartete, um ihn für eine renommierte Zeitschrift zu porträtieren. Sie würde bestimmt versuchen, mit ihm zu schlafen, und Sergej würde vergessen abzulehnen, so durcheinander oder einfach nur geschmeichelt, wie er war.

»Wie läuft es mit deiner Arbeit?« Vlad war zu uns herübergekommen. Er und ich blieben stehen, während meine Mutter und Elena sitzen blieben. Rosa war auf den Schoß meiner Mutter geklettert.

Deren Augen behielten ihren besorgten Ausdruck.

»Gut, danke.«

»Was machst du?«

»Ich schreibe ein Buch.«

»Wozu?«, fragte Vlad.

Ich zuckte mit den Schultern.

»Du hattest doch schon einen Job? Wo war das nochmal? Im Museum?«

»In einer Galerie.«

»Wäre ein Museum nicht besser?«

»Nicht unbedingt.«

»Na dann: Was willst du noch?«

»Mehr.«

»Mehr wovon?« Ich sagte, ich müsse auf die Toilette, rührte mich aber nicht. Eigentlich war Bildung ein extrem hohes Gut in meiner Familie. Die Mütter finanzierten ihren Kindern Nachhilfe, Klavierunterricht und Ballettstunden. Dafür arbeiteten sie nach ihren Vollzeitstellen nachts noch in Fabriken oder Supermärkten. Doch sich selbst fortzubilden, wenn man Mutter war, galt als Verschwendung von Ressourcen.

In meiner Familie herrschte ein rigider Wettbewerb, wer

die erfolgreichsten Kinder hatte. Denn der Erfolg der nächsten Generation war der Gradmesser gelungener Elternschaft. Vor einem oder mittlerweile sogar zwei Jahrzehnten war es noch darum gegangen, wer an welcher Universität studierte. Damals lag vor uns allen eine glänzende Zukunft, zumindest wenn man unseren Eltern Glauben schenkte. Doch nun waren wir alle erwachsen und unsere Karrieren nicht allzu glänzend. Unsere Jobs, wir selbst und unser Familienglück waren maximal durchschnittlich. Mittlerweile galt eine Nicht-Scheidung als der größte Erfolg. Wir hatten alle versagt, aber unsere Eltern taten so, als würden sie es nicht bemerken, um unter vier Augen nur umso wütender mit Vorwürfen um sich zu werfen. Zudem büßte ich immer noch für den Fehler meiner ersten Ehe.

Dass ich mir mein komfortables Leben nicht selbst erarbeitet, sondern es Sergej zu verdanken hatte, war durchaus ein Thema. Ein anderes Thema war, dass ich Sergej wiederum nur meiner Figur zu verdanken hatte. Wobei niemand berücksichtigte, wie viel Arbeit mich diese Ehe kostete. Oder meine Figur. Misserfolg war in unserer Familie stets selbstverschuldet. Das Glück hingegen war eine Laune Gottes oder, falls man an diesen nicht glaubte, einfach Zufall.

Rosa war unter das Seil gekrochen, das unseren »VIP«-Bereich markierte, und spielte Fangen mit den Kindern einer ukrainischen Familie, während ich mich weiterhin unbehaglich fühlte und hinter Rosa über das Abtrennband kletterte. Rosa hatte keine Cousins oder Cousinen in ihrem Alter und war immer auf der Suche nach Spielkameraden. Ich hoffte nur, dass sie über den russischen Präsidenten besser Bescheid wusste als über Hitler. Sie war nun in ihr Spiel vertieft, und ich ging zu meinen Verwandten, von denen die meisten in Grüppchen beieinanderstanden und sich unterhielten.

Meine Familie kam mir vor wie ein schlecht übersetztes Buch: Zu meinen Verwandten hatte ich keine rechte Bindung und wusste nur grob darüber Bescheid, wer sie waren, was sie taten oder worüber sie sprachen. Sie hingegen schienen alles über mich zu wissen. Ich versuchte mein Glück und stellte mich zu Vlad, Dana, Luzie und deren Sohn Nir. Ich fragte mich, wo seine Freundin war. Ihr Gespräch verstummte augenblicklich, und alle vier starrten mich neugierig an.

»Worüber habt ihr euch gerade unterhalten?«, fragte ich perplex in die Runde hinein.

»Über dich.«

Vlad lachte: »Das war ein Witz. Du hättest dein Gesicht sehen sollen.« Er machte überhaupt nicht den Eindruck, als ob er scherzen würde.

»Woher sollte ich denn wissen, dass das ein Witz war?«

»Sei doch nicht so deutsch.« Er war vollkommen ernst.

Luzie legte ihren Arm auf meine Schulter und fragte: »Wie hast du es geschafft, Rosa Russisch beizubringen?«

Ich zuckte mit den Schultern: »Keine Ahnung, ich habe immer mit ihr Russisch gesprochen, und irgendwann hat sie auf Russisch geantwortet.«

»Meine wollten es nicht einmal hören. Haben sich immer die Ohren zugehalten.«

»Du wolltest nicht, dass sie Russisch sprechen«, berichtige Vlad sie. Dana schaute ihn verärgert an, wobei der Ärger sich nur in den Falten um ihre Augen zeigte. Ihre Stirn blieb glatt und unbewegt.

Vlad schien das nicht zu bemerken und machte weiter: »Du wolltest Israelin sein und keine Russin.«

»Kannst du es mir verübeln?«

»Nein, aber für sie bleiben wir für immer Russen. Wir kommen in ihrem Leben nicht vor.«

»Gebt ihr schon wieder Putin für alles die Schuld?«, fragte Jenja zugleich genervt und neugierig. Er war gerade über das VIP-Seil geklettert und stellte sich zu uns.

»Ihr habt es aber viel einfacher, Sergej spricht doch auch mit ihr Russisch, nicht?« Luzies Sohn Nir sprang ihr bei. Es war das erste Mal, dass ich ihn sprechen hörte. Er klang stolz und zugleich aufgelöst.

»Eigentlich nicht«, sagte ich.

»Was dann?«

»Englisch.«

»Wieso?«

»Er hat lange in den USA studiert.«

Tatsächlich war mein eigenes Russisch nicht mehr sauber, was auch immer »sauber« in linguistischer Hinsicht hieß. In den USA hatte mir eine Frau sogar attestiert, nicht bilingual zu sein, sondern lediglich eine *Heritage*-Sprecherin. Das Wort hatte sie russifiziert und sagte vertraulich *heritaznitza,* was ich damals als eine Beleidigung auffasste. Aber es stimmte: Manchmal machte ich grammatische Fehler oder erwischte mich bei falschen Lautverschiebungen. Zuweilen fielen mir Wörter nicht ein, oder ich benutzte Begriffe, die veraltet waren. Nichts Gutes kam für mich von der russischen Sprache, und dennoch liebte ich sie, weil sie in mir Emotionen auslöste, die ich im Deutschen nicht kannte. Ich wusste einfach nicht, wie man ein Kind auf Deutsch liebte.

Maya rief schließlich alle an den Tisch, sie wollte ein paar Worte sagen. Doch statt an den Tisch zu gehen, eilte ich zum Buffet und lud einen Teller für mich und einen für Rosa voll. Ich setzte sie neben meine Mutter und entfernte mich unter strafenden Blicken wieder vom Tisch, um Rosa einzusammeln, die lautstark protestierte, weil sie weiterspielen wollte. Neben meiner Mutter saß nun Sonja, ich setzte mich auf den letzten freien Platz neben sie und nahm Rosa auf meinen Schoß. Alle anderen saßen bereits und starrten mich und Rosa an. Dann schlug Elena endlich mit einem Messer gegen ihr Glas und fing an zu sprechen: »Nun, da alle nun etwas zu essen haben, können wir auch über die wichtigen Dinge reden.« Sie sagte, es sei schön, dass wir jetzt alle da seien, um Mayas Leben zu ehren, und ich versuchte, eine Bratkartoffel in Rosas Mund zu schieben.

»Es war ein außerordentliches Leben, und Maya ist eine außerordentliche Frau.«

»Elena, ich bin noch nicht tot, das ist keine Grabrede«, unterbrach Maya sie.

»Ebenfalls sind wie alle hier, um dich zu feiern«, schloss Elena.

Daraufhin fühlten sich noch einige weitere Familienmitglieder verpflichtet zu sprechen, denn sie wollten nicht, dass es so aussähe, als ob Elena das Kommando hätte. Sie hörten erst damit auf, als Maya rief, das Essen werde kalt. Also setzten sich alle wieder hin und aßen, aber sie hörten nicht auf zu reden. Jenja und Vlad diskutierten laut über die Proteste gegen die israelische Regierung, die im ganzen Land stattfanden und zu denen sie unterschiedliche Meinungen hatten. Luzie unterbrach die beiden immer wieder auf Hebräisch.

Das Essen, obwohl von niemandem von uns zubereitet, sondern von schlechtbezahlten Angestellten des Hotels, wurde von allen gelobt. Man beratschlagte, was noch unbedingt zu probieren sei und was aus »leeren Kalorien« bestehe, wie Elena sich ausdrückte. Sie hatte in den letzten Monaten mithilfe von Protein-Shakes einiges an Gewicht verloren, wie ich von meiner Mutter erfahren hatte, der sie das wohl gleich bei ihrer Ankunft sehr detailliert erzählt hatte. Jedenfalls war sie nun Expertin für gesunde Ernährung.

Liebe und Zuneigung wurden in unserer Familie ausschließlich durchs Essen ausgedrückt. Vielleicht lag es daran, dass Eltern und Kinder sich selten eine Muttersprache teilten, und vielleicht auch daran, dass uns das Sprechen nur für Kritik und überzogene Erwartungen diente. Aber das Essen wurde nie kritisiert. Auch meine Mutter kochte immer mehrere Gänge, wenn wir bei ihr zu Besuch waren, und sie buk Torten, die dann niemand aß. Nur ich, die den Mangel allein vom Hörensagen kannte, hasste es, zu kochen.

Das einzige Problem mit den Essensgelagen in unserer Familie war, dass es niemals genügend Alkohol gab – meistens stand nur eine Flasche Wein auf dem Tisch, und an Hohen Feiertagen gab es noch eine Flasche Wodka für die Männer. Merkwürdigerweise gab es bei unseren Familienfesten auch niemals Musik.

Trotz dieser privaten Prohibition unterhielten sich alle weiterhin lautstark miteinander. Nur Maya schaute finster auf das Hotel. Sie hatte Architektur studiert und war jahrzehntelang Bauleiterin gewesen. Früher hatte sie die größten Baustellen des Landes beaufsichtigt, und nun schien es, als sei sie nicht mit dem zufrieden, was sie hier sah.

Das Essen zog sich in die Länge: Meine Verwandten gingen immer wieder zum Buffet und kamen mit vollgeladenen Tellern zurück, die meisten Speisen blieben unangerührt auf den Tellern liegen und wurden von den Kellnern wieder hinausgetragen. Alle hatten Angst, etwas vom Angebot zu verpassen, obwohl alle Gerichte gleich schmeckten.

Als sie endlich satt waren, fingen sie an, sich umzusetzen, einige fingen an zu rauchen. Rosa war bei meiner Mutter, die angespannt wirkte und sich wieder mit Elena unterhielt, und ich nutzte die Gelegenheit, um in Ruhe zu essen. Nur war alles mittlerweile kalt. Als ich meinen Teller beiseiteschieben wollte, stieß ich ein Glas um, das Wasser lief auf meine Hose und hinterließ einen riesigen Fleck. Ich stand auf, um ihn auf der Toilette zu trocknen, als Elena mich auf halbem Wege beiseitenahm. Sie musste mir nachgelaufen sein: »Ljuda, ich habe gehört, du lässt dich scheiden?«

»Nein.« Ich verdrehe unwillkürlich die Augen.

Sie kam näher an meinen Kopf heran und flüsterte mir ins Ohr: »Du kannst dich nicht schon wieder scheiden lassen. Wer nimmt dich denn dann noch?«

»Ich lass mich ja nicht scheiden.«

»Und was soll aus Rosa werden?«

»Es ist alles in Ordnung, wirklich«, sagte ich mit Nachdruck und entfernte mich ein kleines Stück von ihr.

Meine Tante sah mich noch besorgter an als zuvor und fragte plötzlich: »Hast du etwa noch Kontakt zu David?«

David war mein Exmann, wobei ich es albern fand, ihn so zu nennen, denn wir waren nur ein Jahr lang verheiratet gewesen, dazu auch noch, als wir erst zwanzig waren. Die Ehe endete damit, dass er bei einem schlechten LSD-Trip seinen Glauben entdeckte und nach Israel auswanderte, um Chassidim zu werden.

Ich schüttelte den Kopf. Ich hatte seit unserer Scheidung nichts mehr von ihm gehört. Er hatte mich gegen Gott ausgetauscht.

Als ich von der Toilette zurückkam, wurden die obligatorischen Familienfotos gemacht, und danach erzählte Maya vom Holocaust. Das tat sie bei jeder Familienzusammenkunft, und als Rosa noch lebte, verpackten sie oft gemeinsam ihre Traumata in Anekdoten.

Der Schöpfungsmythos unserer Familie lautete: Maya und Rosa haben überlebt. Als der Krieg ausbrach, war Maya neun gewesen und Rosa vierzehn. Zusammen flohen sie aus Weißrussland, während der Evakuierung verloren sie ihre Eltern und schlugen sich, vollkommen auf sich gestellt, vier Jahre lang zu zweit durch. Sie überstanden das Bombardement, den Hunger, die Kälte und die Seuchen. Die Deutschen und die Sowjets. Danach war alles Alte nicht mehr da. Ein neuer Anfang wurde gebraucht. Ein Fundament für etwas Neues.

Fast die gesamte Verwandschaft von Rosa und Maya, ihre Tanten, Onkel, Cousins und Cousinen, wurde im Holocaust umgebracht. Und weil die beiden Schwestern noch Kinder waren, als sie fliehen mussten, und sich daher kaum an ihr Leben in Gomel, ihrer weißrussischen Geburtsstadt, erinnerten, wurde alles, was danach geschehen war, in Relation zum Holocaust gesetzt.

Ich erinnerte mich an das altersschwache Ausflugsschiff an der Promenade von Baku, das alle zwanzig Minuten auf das offene Meer hinausfuhr, auf dem Rosa mir vom Krieg erzählte, während sie mich mit weißen Kirschen fütterte und mir übers Haar strich. Damals war ich gerade mal sieben Jahre alt, und Rosa versuchte, mir die Geschichten so zu erzählen, dass sie meinem Alter entsprachen. Sie war immerhin studierte Pädagogin. Und sie hatte mich stets ermahnt, dass der schwierige Teil der Geschichte, das Unaussprechliche, erst folgen würde, wenn ich erwachsen sei. Doch dazu kam es nie. Rosa starb zu früh.

Von meiner Großmutter waren keine Zeugnisse übrig geblieben, außer zwei handgeschriebene Seiten. Die hatte sie verfasst, um von Deutschland eine Entschädigung zu bekommen. Nach einem langen Kampf erhielt sie 5000 Deutsche Mark. Für diese »Wiedergutmachung« hätte sie Dokumente vorlegen müssen, die während der deutschen Okkupation verbrannt waren, was die deutsche Bürokratie zunächst nicht berücksichtigen wollte. Es war ein durch und durch demütigender Prozess gewesen, und was an seinem Ende stand, hatte nichts mehr mit einer wirklichen »Wiedergutmachung« zu tun. Irgendwann hatten deutsche Politiker dann angefangen, nicht mehr von »Wiedergutmachung«, sondern von »Aussöhnung« zu sprechen – die war auch deutlich billiger.

Als Rosa noch lebte, widersprachen sich ihre und Mayas Anekdoten immer ein wenig. So variierte der Todeszeitpunkt von Boris, ihrem Vater, je nachdem, welche von den beiden man fragte: Mal starb er vor der Flucht, mal danach, mal irgendwo auf dem Weg. Dasselbe galt für das Verschwinden ihrer Mutter Hannah. Maya liebte es immer schon, sich in den Mittelpunkt zu stellen – ganz im Gegensatz zu Rosa, die zwar durchsetzungsfähig war, aber niemals prahlte. Die Erzählungen von Maya und Rosa changierten stets zwischen einem Heldenepos und den Abenteuern von Huckleberry Finn, aber über die wichtigsten Fakten waren sie sich einig gewesen. Nach Rosas Tod gab es niemanden mehr, der Mayas Erzählung verifizieren oder korrigieren konnte, und so veränderte sie sie mit jedem Jahr ein bisschen mehr. Ich wusste von meiner Großmutter, wie sehr sie sich während des Krieges um ihre Schwester gekümmert und dass sie ihr mehrmals das Leben gerettet hatte. Nach Rosas Tod hatte Maya jedoch angefangen, sich selbst in das Zentrum der Geschichte zu stellen. Sie minimierte Rosas Rolle, erwähnte immer seltener, dass sie ihr Überleben ihrer Schwester zu verdanken hatte, bis sie irgendwann genau das Gegenteil behauptete. Nur waren ihre Geschichten oft so wirr, dass man sowieso nur die Hälfte verstand.

Maya erzählte die Geschichte mit dem Ofen. In der Mitte der Hütte, in der sie während des Krieges mit Rosa notdürftig hauste, hatte einst ein Ofen gestanden, der nun allerdings zerstört war, und Maya setzte es sich in den Kopf, ihn wieder aufzubauen. Natürlich hatte sie keine Ahnung, wie das gehen sollte, aber sie schleppte Steine heran, versuchte, sie aufzuschichten und eine Art Spachtelmasse mehr oder weniger aus dem Nichts anzurühren. Sie betonte mehrmals, dass sie es ganz alleine tat, und sie erzählte, wie sie ihrer Schwester Mehl zu essen gab, damit sie nicht verhungerte.

Meine Tochter, die schon seit einer ganzen Weile wieder gelangweilt auf meinem Schoß lag, versuchte nun laut, Mayas Geschichte zu sabotieren. Ich stand schnell auf, nahm Rosa hoch und verabschiedete mich leise von Elena und Vlad. Auf dem Zimmer angekommen, zog ich Rosa um, zwang sie, ihre Zähne zu putzen, und las ihr ein Buch vor. Nach zwei Seiten war sie eingeschlafen, vom Tag übermannt. Während ich sie beim Schlafen beobachtete, dachte ich daran, dass sie ihre Urgroßmutter niemals kennengelernt hatte, dabei wusste ich nicht, ob sie sich überhaupt für sie interessieren würde. Der heutige Abend sprach nicht unbedingt dafür.

Ich setzte mich hinaus auf den Balkon. Vom Restaurant kam lautes Gelächter gutgelaunter Urlauber. Es roch nach Orangen und Salz. Nach einer Weile öffnete meine Mutter die Tür, sah, dass Rosa schlief, und kam ebenfalls auf den Balkon hinaus. Wir teilten uns eine Flasche schlechten Wein, die ich im Supermarkt neben dem Hotel gekauft hatte. In der Ferne hörten wir die Wellen rauschen. Meine Mutter trank schweigend, was sie sonst nie tat.

»Warum erzählt Maya immer nur Anekdoten?«, fragte ich und nahm einen Schluck. Bald würde ich zum Supermarkt laufen und noch eine Flasche kaufen müssen, was unweigerlich zu einem Streit über meinen Alkoholkonsum führen würde.

»Das sind keine Anekdoten, das ist ihr Leben.«

»Wissen wir eigentlich noch etwas außer diesen Anekdoten?«

»Du weißt nichts, Lou.«

»Was meinst du damit?«

»Genau das: Du weißt nichts.«

Ich schenkte meiner Mutter nach und nickte langsam. Sie hatte Recht, ich hatte tatsächlich keine Ahnung.

»Hat Rosa dir jemals etwas außer diesen Anekdoten erzählt?«, versuchte ich es nochmal.

Meine Mutter antwortete nicht.

»Wann haben sie eigentlich ihre Mutter verloren?«, fragte ich weiter. Ich erinnerte mich, dass ich als Kind ein paar Geschichten über Hannahs Unzurechnungsfähigkeit aufgeschnappt hatte, aber, und das fiel mir erst jetzt auf, ich hatte keine Ahnung, was wirklich passiert war.

»Sie haben sie nicht verloren.« Meine Mutter schaute mir direkt in die Augen.

»Was meinst du damit?«

»Sie ist verschwunden.«

»Sie haben ihre Mutter nicht während der Evakuierung verloren? Ist sie nicht in Baku begraben worden?« Ich bekam die Ereignisse nicht auf die Reihe. Ich trank einen Schluck Wein und dann noch einen.

Meine Mutter sagte bitter: »Ihre Mutter war in einer psychiatrischen Klinik.«

Dann sagte sie nichts mehr und starrte hinaus aufs Meer. Ich ging ins Zimmer, schaute nach Rosa und kam mit Erdnüssen aus der Minibar wieder auf den Balkon. Meine Mutter griff nach der Tüte und dann nach ihrem Weinglas und trank es leer. Ein wenig später gähnte sie und fragte, ob Rosa noch immer so früh aufwachte. Als ich das bestätigte, nickte sie, stand auf und sagte, dass sie jetzt schlafen gehen würde. Ich brachte sie zur Tür und ging wieder auf den Balkon hinaus.

Die Nacht war immer noch lauwarm, das Meer ruhig. Ich rief Sergej an und hoffte, er wäre noch auf. Er hob ab und sagte, er sei schon im Bett. Er werde eben alt, scherzte er.

»Geht es dir nicht gut?«, fragte ich alarmiert. Sergej war niemand, der zu Übertreibungen neigte. Oder der über seine Gefühle sprach.

»Soll ich zu dir kommen?«, fragte ich und hoffte, er würde ja sagen.

»Nein, ich komme zurecht.«

»Ich könnte morgen da sein«, versuchte ich es nochmal.

»Lou, bitte mach kein Drama.« Ich konnte fast sehen, wie er die Augen rollte.

»Na gut.« Ich schwieg, wollte mir aber meine Gekränktheit nicht anmerken lassen.

»Lou?«

Es knisterte in der Leitung: »Ja?«

»Ich habe nachgedacht.«

»Okay.«

Er lachte und verstummte gleich wieder: »Ich dachte ...«

»Ja?«

»Ich dachte, vielleicht versuchen wir es noch einmal?«

Es entstand eine lange Pause. Ich war mir nicht sicher, ob ich ihn richtig verstanden hatte. Unsere Familienplanung war eingefroren, fast so wie unsere Beziehung.

»Wir könnten noch ein Kind haben«, sagte Sergej leise, er flüsterte fast.

Ich atmete ein und aus.

»Ich könnte weniger arbeiten«, sagte er zögernd. Ich sagte nichts dazu, denn er könnte niemals weniger arbeiten. Seine Konzerte waren zwar nicht mehr so groß wie früher, wurden aber immer noch zwei Jahre im Voraus gebucht, er hatte eine eiserne Disziplin und einen äußerst penibel geführten Kalender. Es wäre nahezu unmöglich, sein Arbeitspensum in den nächsten Jahren herunterzuschrauben, und er wusste, dass ich das wusste.

»Wir haben schon das Schlimmste erlebt«, sagte Sergej leise.

»Das Schlimmste«, wiederholte ich.

»Es ist natürlich deine Entscheidung ...«

Auf einmal fror ich und ging wieder hinein. »Ich glaube, du hast Recht«, sagte ich langsam.

Er atmete erleichtert aus. Wir redeten noch eine Weile miteinander, und dann verabschiedeten wir uns. Sergej war derjenige, der damals meiner Mutter von der Fehlgeburt erzählt hatte. Bei jedem Versuch, sie anzurufen und ihr zu sagen, dass das Kind, das ich austrug, tot war, verfiel mein Körper in ein unkontrolliertes Zittern. Also hatte er sie angerufen und auch alle anderen Menschen, die uns nahestanden. Niemand sprach mich darauf an. Zwei Wochen danach saß ich wieder in der

Galerie und suchte nach einem Ausweg für mich. Das Buch über die Aids-Krise sollte dieser Ausweg sein. Und nun bat Sergej mich um einen Ausweg für sich, und ich wusste, es war ernst.

Jeden Morgen brach neben dem Pool ein sportlicher und nicht immer fairer Wettkampf um die besten Plätze am Wasser aus, den das Hotel durch strenge Regeln und sogar eine Aufsichtsperson in Form eines müden Bademeisters zu verhindern versuchte. Handtücher, die von deutschen, britischen oder russischsprachigen Gästen – alle anderen beteiligten sich nicht an diesem Wettbewerb – frühmorgens auf den Liegen drapiert und dann zurückgelassen wurden, wurden vom Bademeister entfernt, was dazu führte, dass inzwischen jede Familie jemanden entsandte, der oder die auf die Liegen aufpasste. Auf einer von ihnen saß Maya, die darauf wartete, dass man sie ablöste. In der Hoffnung, dass sie mich nicht bemerkte, drückte ich mich an der Wand entlang und schlich mich zum Frühstücksraum. So früh am Morgen wollte ich mit niemandem sprechen, am wenigsten mit ihr.

Mittlerweile hatten wir so etwas wie eine Routine entwickelt: Das Frühstück nahmen wir in kleinen Grüppchen oder jeder für sich alleine ein und hatten danach den Vormittag zur freien Verfügung. Wir verteilten uns auf die Liegen am Strand und am Pool und trafen uns erst am Nachmittag wieder, um alle zusammen zum Strand zu laufen, in der Hotelbar verdünnten spanischen Weißwein zu trinken oder Billard zu spielen. Abends aßen wir alle um Punkt sieben im Restaurant und waren nach Beendigung des Essens bis zum nächsten Tag von der Gesellschaft der anderen erlöst. Es war dasselbe Regime wie in meinen Kindertagen, die wir in Baku an der Promenade am Meer verbracht hatten. Damals wie heute wurde in meiner Familie viel geredet, über die wirklich wichtigen Dinge aber strikt geschwiegen: Liebe, Geld, Krankheiten und Angst. Und das würde noch fünfeinhalb Tage so weitergehen.

Das Frühstück wurde in zwei großen Speisesälen serviert. In diesen wurden auch alle anderen Mahlzeiten angeboten, daneben gab es ein kleineres Lokal, das nur am Abend geöffnet war und als schick galt, obwohl man dort dieselben Speisen servierte und die Atmosphäre nur bedingt angenehmer war.

Ich setzte mich in eine Ecke des Speisesaals, der am weitesten vom Pool entfernt lag, und hoffte, dass mich hier niemand sehen würde. Meine Mutter und Rosa waren bereits auf dem Weg zum Strand, und ich wollte einen kurzen Moment der Ruhe haben. Ich lud mir ein Spiegelei auf den Teller, trank Kaffee und aß aus Langeweile noch zwei Kekse. Um mich herum wurden Tische für befreundete Familien zusammengeschoben, an fast jedem saß ein Kleinkind vor einem Tablett neben entspannten Eltern. Es war das perfekte Hotel für Familien, man musste sich um nichts kümmern.

Schließlich machte ich mich auf den Weg zu Rosa und meiner Mutter. Bis zum Strand waren es nur ein paar Meter, ich verließ das Hotelgelände und passierte die beiden Läden neben dem Hoteleingang, die von der Sonne bereits ausgeblichene Bikinis und aufblasbare Luftmatratzen verkauften. Der Strand selbst war nicht groß, es war eine kleine Bucht mit feinem Sand. Hier gab es Imbisse, die nur aus ein paar Tischen und einer Theke bestanden, davor standen Kellner und versuchten, mit in Plastik eingeschweißten Menu-Karten Kunden anzulocken. Die Sonne brannte unangenehm vom Himmel, und ich ging vorbei an mehreren Reihen ordentlich nebeneinander aufgestellter Liegestühle, auf denen sich Urlauber sonnten. Manche hatten Zelte mitgebracht, andere waren nur zum Baden gekommen und hatten wie Rosa und meine Mutter nichts dabei außer ihren Handtüchern. Ich suchte mit meinen Augen den Strand ab und entdeckte sie schließlich im Wasser.

Als ich endlich Rosas Handtuch fand, setzte ich mich hin,

zündete mir eine Zigarette an, obwohl ich nicht rauchte, und scrollte durch meinen Instagram-Feed. Ein junger Mann in blauen Shorts tippte mich an und fragte mich nach Feuer. Ich reichte es ihm, und er setzte sich neben mich, um zu plaudern. Ich wollte erst sagen, ich sei beschäftigt, aber dann sah ich, dass er groß gewachsen war und einen muskulösen, schlanken Körper hatte, und nickte ihm zu. Er sprach schnell, als würde ihm die Zeit davonlaufen, und machte erst eine Pause, als Rosa auf uns zugerannt kam. Ich stand auf und breitete die Arme aus. Rosa warf ihren nassen Körper auf meinen und ließ sich von mir im Kreis herumwirbeln. Der Mann neben mir verschwand so schnell und lautlos, dass ich schon dachte, ich hätte ihn mir nur eingebildet, aber neben unserem Handtuch lag noch sein Zigarettenstummel.

»Du musst dich eincremen. Sonst bekommst du noch einen Sonnenbrand«, sagte meine Mutter, nachdem sie Rosa abgetrocknet hatte.

Ich murmelte etwas Unverständliches, obwohl ich ihr zustimmte. Ich schaute mir den Körper meiner Mutter an – er war ganz anders als die Körper der anderen Frauen hier, müder, unförmiger. Mit einer riesigen Narbe auf dem Bauch und einer auf dem rechten Oberarm. Es war ein Körper, der von einem anderen Leben erzählte. Einem Leben, das durch Arbeit und Krankheit gekennzeichnet war, einem Leben ohne Filler, kosmetische Behandlungen und Kompromisse. Ich fühlte mich schuldig, dass mein Leben so bequem war.

Da drehte sie sich abrupt zu mir um und fragte: »Wer war dieser Mann?«

»Welcher Mann?«

»Der neben dir saß.«

»Keine Ahnung. Er hat sich nicht vorgestellt, er wollte nur Feuer.«

»Hm.«

»Es war nichts.«

»Du rauchst doch gar nicht.«

»Na und?«

Die Zornesfalte meiner Mutter vertiefte sich. Seit mein Vater gegangen war, hatte sie nur einen einzigen Liebhaber gehabt, einen jüdischen Lyriker aus Russland, der niemals etwas veröffentlicht hatte und als Gebrauchtwagenhändler arbeitete.

»Möchtest du ein Eis?«, fragte ich Rosa, worauf sie »Ja!« schrie und meine Mutter sagte: »Du lenkst vom Thema ab.«

»Ich dachte, du könntest allein schwimmen gehen.«

Rosa kniff die Augen zusammen, das Licht blendete sie. »Eis! Jetzt! Ich will ein Eis!«, schrie sie und zog kräftig an meinem Oberteil.

Meine Mutter überlegte kurz, dann sagte sie: »Lasst euch Zeit.«

Rosa und ich kämpften uns durch Paare, die Ball spielten, und Familien mit quengelnden Kleinkindern. Der Sand brannte unter meinen Füßen. Fünf Minuten später hatten wir einen der Imbisse erreicht, und Rosa hielt ihr Eis in der Hand. Es sah aus wie eine kleine Wassermelone und tropfte bereits.

Wir blieben im Schatten neben dem Imbiss stehen. Rosa aß gierig ihr Eis und starrte eine Frau an, die sich ohne ihr Bikini-Oberteil sonnte. Die Frau stand auf und versuchte, ihren Sonnenschirm zu verstellen. Der Kübel, in dem der Schirm steckte, war anscheinend zu schwer, und sie schaffte es nicht, ihn auch nur einen Millimeter zu bewegen. Irgendwann sagte Rosa sehr laut: »Mama, sie trägt keinen BH.« Ich nickte und bat sie, leiser zu sprechen, doch Rosa rief noch lauter: »Schau mal, nicht alle Brüste hängen.« Immerhin konnte ich sie davon abhalten, ihren Finger zu heben und auf die Frau zu zeigen.

Rosa war die Einzige von uns, die die Reise in vollen Zügen genoss. Einer ihrer Lieblingsorte im Hotel war eine kleine dunkle Spielhalle, an der wir nie vorbeikamen, ohne dass sie lautstark danach verlangte, hineinzugehen. Sie war fasziniert von den blinkenden und summenden Auto- und Kriegssimulatoren und den vielen Greifautomaten, in denen sich Plüschtiere türmten. Meine Mutter weigerte sich, auch nur einen Fuß in die Spielhalle zu setzen, und so trug ich den Kampf jeden Tag allein aus, während die Sonne im Meer versank. Meistens verlor ich.

In einem der Greifautomaten lag ein glitzernder Affe, den Rosa unbedingt haben wollte. Wir hatten schon oft versucht, ihn herauszuziehen, und waren genauso oft gescheitert. Mittlerweile hatten wir die zehnfache Summe seines Kaufpreises in den Automaten gesteckt.

»Braucht ihr Hilfe?« Ich zuckte zusammen, denn ich hatte Vlad nicht kommen sehen, und nun stand er amüsiert hinter uns.

»Mama kriegt den Affen nicht heraus«, rief Rosa.

»Darf ich?«, fragte Vlad und schob sich an mir vorbei. Er warf einen Euro in den Automaten, der lange Greifarm ließ sich nun bewegen. Vlad brachte ihn direkt über dem Affen in Position, der Arm glitt herunter, berührte den Affen am Kopf und bekam ihn an einem Ohr zu fassen. Rosa quietschte und klatschte vor Freude in die Hände, Vlad grinste zufrieden und ließ den Greifarm mit dem Plüschtier zum Schacht gleiten, doch in diesem Moment rutschte das Tier raus. Rosa und Vlad starrten ungläubig auf die Maschine.

Vlad fasste in seine Hosentasche, dann drehte er sich zu mir um: »Hast du vielleicht Kleingeld?«

»Die Maschine ist manipuliert, wir versuchen es seit Tagen«, sagte ich.

»Sei keine Spielverderberin, ja?«, flüsterte Vlad. Ich spürte seinen heißen Atem an meinem Ohr. In der letzten Zeit endete offenbar jeder Wortwechsel zwischen uns damit, dass ich mich schlecht fühlte.

Ich reichte ihm mein Kleingeld. Er warf die erste Münze hinein und bekam das Spielzeug wieder zu fassen, diesmal etwas länger als beim ersten Versuch, doch kurz darauf glitt der Plüschkörper wieder herunter. Vlad fluchte und trat gegen die Maschine. Dann warf er die nächste Münze ein – und jetzt schaffte er es, das Metall biss sich im Plüschtierkörper fest, er ließ sich zum Schacht transportieren und glitt fast direkt in Rosas Arme, die vor Vergnügen schrie.

Vlad grinste. Für Rosa war er nun ein Held.

»Danke«, sagte ich. Er grinste noch breiter.

»Sehen wir uns später?«, fragte er.

»Was machst du später?«

»Wir wollten Billard spielen. Unten am Wasser.«

»Welches wir?«, fragte ich verwundert.

»Wir alle«, er lachte und ging davon.

Meine Mutter war mit Rosa zum Frühstück vorgegangen. Ich stand allein am Poolrand und beobachtete eine Frau, die schwamm. Sie hatte das ganze Becken für sich, kraulte in schnellen, kraftvollen Bewegungen. Nach mehreren Bahnen, statt sich wieder vom Beckenrand abzustoßen, drehte sie sich zu mir um und schaute mich fragend an. Ich riss mich zusammen, machte einen Kopfsprung und begann zu kraulen, wobei ich auf den größtmöglichen Abstand zu ihr bedacht war. Wir schwammen fünfzehn Bahnen nebeneinander. Sie war schneller und hatte eine bessere Technik als ich. Mehrmals überholte sie mich, und irgendwann vergaß ich alles um mich herum, das Kind, meine Mutter, mich selbst. Alles fiel von mir ab, ich hatte das Gefühl, mit dem Wasser eins zu werden. Während die andere Frau den Pool verließ, trafen sich unsere Blicke. Sie nickte mir zu.

Ich zog ein paar letzte Bahnen, als Vlads Töchter Delphi und Athena auftauchten. Genau wie der Rest der Familie rätselte auch ich darüber, wie sie zu ihren Namen gekommen waren. Weder Vlad noch Dana waren sonderlich exzentrisch. Vlads Ehefrau hatte eine private jüdische Mädchenschule in den USA besucht. Somit war er der Einzige von uns, der eine nicht russischsprachige Jüdin geheiratet hatte. Die meisten meiner Verwandten achteten penibel auf eine jüdische Partnerwahl. Für mich war es das jüdische Paradoxon: Es war verboten, zu missionieren, es gab keine Pilgerstätten, und nicht einmal die Konvertiten wurden mit offenen Armen empfangen – aber die Nachkommen mussten jüdisch sein, wobei keiner genau wusste, was das eigentlich hieß, und so stützten wir uns alle auf die halachischen Regeln. Wir alle hatten den Eintrag »Jude« in unserer Geburtsurkunde oder in unseren Pässen gehabt, aber es gab kaum Traditionen, die übrig geblieben wären. Unser Judentum war eine kulturelle Performance, und selbst die war nicht besonders gut. Allerdings waren wir die Einzigen, die sich dafür rechtfertigen mussten. Die Namen der Zwillinge waren jedenfalls der erste Bruch zwischen Vlads Frau und seiner Mutter gewesen.

Delphi und Athena lachten und sprachen Hebräisch miteinander, während sie ins Wasser stiegen. Sie wirkten vollkommen glücklich und entspannt. Ich winkte ihnen zu, eine von ihnen winkte zurück, und dann kicherten beide. Während ich aus dem Pool stieg, mich duschte und abtrocknete, stellte ich mir Rosa in ihrem Alter vor. Und das andere Kind.

Als die beiden müde vom Schwimmen wurden, ließen sie eine Luftmatratze ins Wasser und klammerten sich daran fest. Sie kicherten weiter, bis Sonja auftauchte. Ihre Großmutter trug ein weißes Strandkleid und schien nicht die Absicht zu haben, ins Wasser zu gehen, stattdessen setzte sie sich auf eine der Liegen neben dem Pool, die sie sich schon am Morgen reserviert hatte, und beobachtete die Mädchen. Ihr Gesicht verfinsterte sich zunehmend, ich konnte fast sehen, wie die Wut aus ihrem Inneren aufstieg, ihre Augen verengte und die Wangen rötete. Als andere Teenagermädchen dazukamen, schien sie es kaum noch auf ihrem Platz auszuhalten. Sie rief die Zwillinge zu sich. Was sie ihnen sagte, konnte ich nicht hören, aber eines der Mädchen brach in Tränen aus, und beide liefen, in ihre Handtücher gewickelt, ins Hotel zurück. In diesem Augenblick erkannte sie mich unter der Dusche. Ich winkte ihr zu, doch sie tat so, als würde sie mich nicht sehen.

Ich ging auf sie zu und setzte mich auf die Liege neben ihr. »Guten Morgen«, sagte ich, worauf sie nickte und weiter aufs Wasser starrte. Sie hatte feuerrot gefärbtes Haar und trug eine Bernsteinkette.

»Warum haben die beiden geweint?«, fragte ich möglichst unschuldig.

Sie starrte mich an, den Mund zu einem Strich zusammengekniffen, und sagte dann: »Die Liege, auf der du sitzt, ist besetzt. Gleich kommt jemand.«

»Das macht gar nichts«, sagte ich. »Dann stehe ich eben auf.« Doch ich bewegte mich nicht von der Stelle.

»Ich will nur ihr Bestes«, sagte sie.

»Natürlich.« Ich schaute sie neugierig an: »Was ist ihr Bestes?«

»Das wirst du wissen, wenn du selbst Mutter bist.«

»Aber ich bin Mutter.«

Sie setzte ihre Sonnenbrille auf und erhob sich: »Du kannst meine Liege haben.«

Ich machte es mir tatsächlich auf ihrer Liege gemütlich.

Wir hatten keine Wasserflaschen mehr, und da das Leitungswasser als ungenießbar galt, spazierte ich entlang der Strandpromenade zum kleinen Dorfplatz, wo der Supermarkt lag, während meine Mutter mit Rosa fernsah. Es war ein schöner Abend, die Sonne ging langsam unter, und die Wellen rauschten. Vereinzelte Menschen badeten noch, andere saßen in der Strandbar und tranken sich in den Sonnenuntergang hinein. Ich verlangsamte meinen Schritt.

Als ich angerufen hatte, war Sergej mit Freunden unterwegs gewesen. Ich konnte an seiner Stimme hören, dass er getrunken hatte. Er gab mir nicht das Gefühl, dass ich ihn mit meinem Anruf störte, er war sogar hinausgegangen und hatte mich geduldig nach meinem und Rosas Tag gefragt, aber ich verspürte dennoch einen Stich. Es war sehr lange her, dass Sergej und ich einen unbeschwerten Abend miteinander verbracht hatten. Ich verabschiedete mich rasch und ließ ihn zu seinen Freunden zurückgehen, von denen eine die Journalistin war.

Der Platz war voller Menschen. Touristen mit von der Sonne gerösteter Haut, die wie ich ein paar Lebensmittel einkauften oder sich in einem der zahlreichen Läden nach Souvenirs umsahen. Einheimische, die in einem der großen Hotels arbeiteten, jetzt Feierabend hatten und noch schnell eine Zigarette rauchten. Aufgedrehte Kinder, die alle mit den gleichen leuchtenden Jo-Jos spielten, die es hier überall zu kaufen gab. Und Gruppen von angetrunkenen Erwachsenen mit geröteten Gesichtern auf der Jagd nach harmlosen Erlebnissen. Ich sah mich nach einer Bar um, aber außer den Restaurants der All-inclusive-Hotels gab es nichts.

Früher hatte ich mit Sergej ganze Nächte draußen verbracht,

ich liebte Bars, Clubs und leichte Drogen. Sergej war alldem nicht abgeneigt, obwohl er immer so seriös wirkte. Bevor es Rosa gegeben hatte, waren wir fast jeden Sonntagnachmittag ins Berghain gegangen, und wenn wir nach Hause kamen, hatten wir Sex. Das Leben war einfach gewesen. Wir waren unbeschwert und hatten einander. Es war ja nicht so, dass wir einander nun nicht mehr gehabt hätten, aber etwas hatte sich verschoben. Das Kind hatte eine Kluft zwischen uns errichtet. Wir liebten einander noch immer und schliefen im selben Bett, doch obwohl wir alles voneinander wussten, wurden wir uns immer fremder. Dabei waren wir uns so sicher gewesen, dass wir nicht zu einem dieser Paare werden würden. Wir hatten gedacht, wir seien etwas Besonderes.

Als ich das Hotel wieder betrat, kam aus der Halle im Erdgeschoss, in der an den Abenden die Animation für die Hotelgäste stattfand, laute Musik und schiefer Gesang. Heute Abend stand wohl Karaoke auf dem Programm. Ich folgte den Disco-Lichtern. Der Raum war abgedunkelt und kleiner, als ich vermutet hätte. Auf der Bühne performte gerade eine Frau mit blondiertem und toupiertem Haar einen Hit von Britney Spears. Ihr Paillettenkleid reflektierte die Lichtspots auf der Bühne, und sie sah aus wie der magische goldene Vogel. Nach ihr kam ein Duett, *We Are The Champions*, gesungen von zwei nicht mehr ganz jungen Männern mit tätowierten Armen und Beinen. Sie trugen Heavy-Metal-Shirts und waren im richtigen Leben wahrscheinlich Sozialarbeiter. Das Publikum half ihnen und grölte mit. Ich wollte schon zu Rosa und meiner Mutter ins Zimmer hochgehen, als Vlad, Luzie und eine Frau, die ich bis dahin noch nie gesehen hatte, auf die Bühne kamen. Sie stellten sich eng nebeneinander auf und sangen sehr laut *Halo* von Beyoncé. Ihre Gesichter sahen glücklich aus, sie umarmten einander immer wieder, und Vlad schaffte es sogar zwischendurch, an seiner Bierflasche zu nippen.

Ihre entspannte und lockere Art, miteinander umzugehen, faszinierte mich. Außer der Blutsverwandtschaft gab es nichts, was mich mit ihnen verband. Wir waren einander fremd und würden es auch nach diesem Urlaub bleiben, ich wusste nur nicht, ob das etwas Gutes oder Schlechtes war. Würde ich jetzt mit ihnen auf der Bühne stehen, wenn wir nach Israel gezogen wären statt nach Deutschland? Das Einzige, was ich mit Sicherheit wusste, war, dass sobald Maya starb, unsere Beziehung noch loser werden und mit dem Tod unserer Eltern gänzlich verschwinden würde.

Der Song war zu Ende. Alle drei genossen den Applaus und ließen sich in ihre Sessel sinken. Ich blieb am Eingang stehen und beobachtete sie weiter. Vlad stand auf und ging zur Bar. Während er dort auf sein Getränk wartete, schaute er sich im Raum um, und unsere Blicke kreuzten sich für einen Augenblick, aber er schien mich nicht wahrzunehmen. Ich trat instinktiv einen Schritt zurück und wurde vom Zwielicht des Eingangsbereichs verschluckt. Ich fühlte mich wie eine Person, die etwas sah, das nicht für sie bestimmt war.

Erst als Vlad wieder bei den anderen saß, kam ich aus meinem Versteck hervor und setzte mich in die letzte Reihe. Der Fußboden unter mir war klebrig, der Sessel durchgesessen. Als Kind hatte Vlad oft blaue Flecken gehabt, manche stammten von gewöhnlichen Unfällen beim Fahrradfahren oder Stürzen beim Klettern. Es gab allerdings auch solche, bei denen niemand von uns die Courage gehabt hatte, genauer nachzufragen. Schließlich verschwanden Vlads blaue Flecken zusammen mit seinem Vater.

Vlads Ehefrau hatte seit jeher ein angespanntes Verhältnis zu Sonja. Die Sprachbarriere zwischen den beiden wäre die beste Voraussetzung gewesen, um mit Sonja klarzukommen, aber ihr Charakter kam leider auch im schlecht erlernten Hebräisch durch. Sonja hatte ihre Schwiegertochter seit der Hochzeit für alles Mögliche kritisiert, in der letzten Zeit vor allem für ihr Gewicht. Als sie auch noch anfing, die Körper der beiden Töchter zu kommentieren, und die sich nicht mehr in den Pool trauten, wenn ihre Großmutter in der Nähe war, reichte es Dana. Also reichte es auch Vlad. Er drohte, abzureisen. Elena hatte versucht, zwischen ihm und Sonja zu vermitteln, und heute Morgen hatte es wohl einen Waffenstillstand gegeben, um Maya zu schonen.

Damit er Sonja aus dem Weg gehen konnte, hatte Vlad uns zu einem Ausflug eingeladen. Seine Töchter wollten lieber zum Strand, und Dana hatte Migräne. Ich vermutete, dass sie von den Mitgliedern der erweiterten Familie dringend eine Pause brauchte. Also würden wir zu sechst nach Las Palmas zum Aquarium fahren: Vlad, Elena, meine Mutter, Rosa und ich. Ich liebte Fische und konnte es kaum erwarten, kurz aus der Anlage herauszukommen.

Vlad parkte das Auto, das er sich für unseren Ausflug gemietet hatte, vor dem Hotel, und als die Flügeltüren seines Tesla sich hoben, zog meine Mutter ihre Augenbrauen hoch und flüsterte mir zu: »Hättest du nicht irgendetwas Sinnvolles studieren können?« Ich musste ihr Recht geben, obwohl dies ja nur ein Mietauto war.

Rosa, die sich eben noch an ihren pinkfarbenen Rucksack geklammert hatte, sprang auf die Rückbank und setzte sich wie selbstverständlich in den Kindersitz. Ich saß in der Mitte zwischen ihr und Elena. Während wir das Resort und das angrenzende Dorf hinter uns ließen, redete meine Mutter mit Vlad über seine Zwillinge, und ich schloss die Augen. Als ich aufwachte, parkte Vlad gerade ein, und Rosa spielte mit einem Handy.

»Ich habe ihr deines gegeben«, sagte Elena, und als ob sie meine Gedanken lesen könnte, fügte sie hinzu: »Ich habe gesehen, dass du ihr manchmal dein Handy gibst, und da dachte ich, es könnte nicht schaden.«

»Aber woher hattest du meinen Code?«, fragte ich.

»Ach, Rosa kannte ihn. Hat ihn selber eingetippt«, erklärte Elena.

Ich nickte und fühlte mich schlecht.

Wir stiegen aus und liefen zum Aquarium, ein weißer Würfel am Hafen, der recht verloren in der Landschaft wirkte und auf dessen Wand ein Logo hing, das aus zwei Fischen bestand, die in einem gelben Kreis umeinander herumzutanzen schienen. Als wir ein wenig näher herangekommen waren, fiel mir auf, dass die Wände aus weißen Platten bestanden, die ziemlich große Löcher hatten. Das sollte sicher eine Art Struktur schaffen, stattdessen sah das Gebäude aus, als wäre es in symmetrischen Abständen zerschossen worden. Rosa wollte unbedingt getragen werden, ich nahm sie auf den Arm und löste damit unwillentlich eine Diskussion aus: Meine Mutter sagte, ich solle das Kind nicht verwöhnen, Elena pflichtete ihr bei, und Vlad verdrehte die Augen.

Obwohl wir Onlinetickets hatten, mussten wir in der Einlassschlange anstehen, in der es nur quälend langsam voranging. Rosa rief, sie sei hungrig. »Du hast doch gerade erst gegessen«, sagte ich.

»Sie ist ein Kind!«, ermahnte mich meine Mutter und nahm

einen Muffin aus ihrer Tasche, der in eine Serviette gewickelt war und vom Frühstücksbuffet stammen musste. Rosa nahm ihn und sah mich mit demselben Blick an, mit dem meine Mutter mir manchmal zu verstehen gab, dass sie nicht allzu viel von mir hielt.

Nach einem Streit darüber, ob wir vor oder nach dem Einlass auf die Toilette hätten gehen sollen, passierten wir die Ticketkontrolle und gelangten endlich ins Innere des Gebäudes, in dem sich zu meiner Verwunderung Hunderte von Menschen befanden. In jedem Gang und vor jedem Fisch lauerte eine ganze Meute, und es war unmöglich, sich zu einem der Wasserbecken durchzukämpfen.

Rosa hatte inzwischen den Muffin aufgegessen und war nun gelangweilt. Sie wiederholte ständig, sie wollte keine Fische sehen, sie wolle in den Kinderclub zurück, was neben der Spielhalle ihr liebster Ort auf der ganzen Insel war: Dort gab es kein pädagogisch wertvolles Spielzeug aus Holz und keine Montessori-Lernmaterialien, alles war aus leuchtendem Plastik, und von den Wänden lächelten gezeichnete Disney-Prinzessinnen auf die Kinder herab. Die Kinder selbst trugen keine Bodys in Beige aus einer Seiden-Wolle-Mischung, keinen abwaschbaren Bio-Nagellack, keine veganen Schuhe, keine Stoffwindeln in Naturfarben. Nun versuchte ich, Rosa gut zuzureden, und hoffte, dass weder meine Mutter noch Elena wieder anfangen würden, meine Erziehungsmethoden zu kommentieren.

Plötzlich ergriff mich eine schwere Müdigkeit, und ich konnte ein Gähnen nicht unterdrücken.

»Langweilst du dich etwa auch mit uns?«, fragte Elena in einem Ton, der ihre Frage als Scherz klingen lassen sollte, aber den Vorwurf nicht kaschierte. Ich beschloss, ihre Frage zu ignorieren.

»Sind wir dir nicht kultiviert genug?«, fragte Vlad mit einem konspirativen Lächeln, aber ich hatte jetzt genug.

»Wie meinst du das?«, sagte ich und setzte Rosa ab. Weil ich es oft mit aggressiven, *selbstbewussten* Männern zu tun hatte, machte ich einen Schritt auf ihn zu, verlagerte mein Gewicht und streckte meinen Rücken ganz durch.

»Ich mache nur Spaß«, sagte Vlad und verdrehte die Augen.

»Wann bist du bloß so deutsch geworden?«

Am liebsten wäre ich aus dem Aquarium gestürmt, doch stattdessen lief ich mit Rosa an der Hand weiter. Vlad holte uns ein und entschuldigte sich. Er nahm Rosa auf die Schultern, und eine Viertelstunde später hatten wir uns zu einem riesigen Wasserbecken vorgekämpft. Vor uns schimmerte hinter Panoramafenstern blau angeleuchtet das Wasser. Darin schwammen Haie. Ich habe Aquarien schon als kleines Kind geliebt, und Vlad wusste das.

Ich sagte leise »Danke« und berührte ihn am Ellbogen. Er nickte. Während ich ihn und Rosa betrachtete, dachte ich daran, dass ich mich weder an das Gesicht noch an die Stimme meines Vaters erinnerte. Er musste alt geworden sein, graue Haare bekommen haben, aber ich wusste nicht, wo er war oder mit wem er lebte.

Auf dem Rückweg stritten Elena, Vlad und meine Mutter sich darüber, welche Ausfahrt die richtige war. Das Navi gab klare Anweisungen, allerdings auf Spanisch, und wir schafften es nicht, das Gerät auf eine andere Sprache umzustellen. Elena googelte auf Hebräisch, meine Mutter versuchte, die Route auf Google Maps einzugeben, es gab aber keinen Empfang. Vlad brüllte, sie sollten ihn in Ruhe lassen, Rosa, die eine normale Familienkonversation nicht gewöhnt war, fing an zu weinen. Vlad versuchte daraufhin, in der Kurve einen Lieferwagen zu überholen, und meine Mutter klagte, er würde uns alle umbringen. Daraufhin verlangte Elena, dass die Klimaanlage hochgedreht wurde.

Irgendwann waren wir auf der Autobahn angekommen, und alle beruhigten sich, der Rest der Fahrt verlief friedlich. Elena und meine Mutter kommentierten die braune Landschaft, an der wir vorbeifuhren, und Rosa das Meer, wenn es zwischen den Serpentinen aufblitzte. Wir mussten das Auto auf einem Parkplatz unweit des Hotels abgeben, zu dem eine staubige Straße führte, wo es nichts außer einem kleinen Häuschen und ein paar neu aussehenden Wagen gab. Vlad sollte den Tesla hier stehen lassen und auf der dazugehörigen App ein Foto hochladen.

Elena insistierte, dass das nicht reichte und er den Wagen persönlich abgeben müsste. Doch auf dem Parkplatz war keine Menschenseele zu sehen. Und auch kein Gebäude, in dem ein Büro hätte untergebracht sein können. Ein großer Straßenhund mit muskulösem Körper, zotteligem Fell und gelben Augen rannte uns entgegen, als wir streitend aus dem Auto stiegen. Er bellte wütend, und ich sah seine spitzen Zähne. Rosa hatte Angst vor Hunden. Immer wenn sie einen sah, wich sie aus, und manchmal, wenn es ein besonders großes Tier war, musste ich mit ihr die Straßenseite wechseln.

Ich nahm sie auf den Arm und ging gleichzeitig in die Hocke, um den Hund an meiner Hand schnüffeln zu lassen und Rosa zu zeigen, dass sie keine Angst zu haben brauchte. Währenddessen kläffte der Hund weiter, und mein Herz schlug schneller. Ich ließ mich dennoch dazu hinreißen, ihn hinter den Ohren zu kraulen. Rosa streckte zögernd ihre Hand nach ihm aus und streichelte seinen Kopf. Meine Mutter sagte auf Deutsch, ich solle bloß aufpassen. Vlad sagte auf Russisch, der Hund beiße nicht, und meine Mutter sagte, noch immer auf

Deutsch, dass er den Hund nicht kenne und nicht wissen könne, ob er bissig sei. Ich wandte mich von dem Tier ab, hob Rosa hoch und lief neben meiner Mutter zum Hotel.

Wenige Stunden später fuhren wir in ein Restaurant, das eine phänomenale Aussicht aufs Meer bot. Vlad hatte uns an Mayas Geburtstag eingeladen, und auch darüber ärgerte sich Sonja. Sie sagte, das sei Geldverschwendung, denn das Essen im Resort sei ja bereits bezahlt und gar nicht schlecht. Vlad und seine Töchter gingen ihr noch immer aus dem Weg, und auch der Rest der Verwandtschaft legte sichtlich nicht viel Wert darauf, Zeit mit ihr zu verbringen. Sie allerdings schien das nicht zu bemerken und schwirrte um uns herum, als wäre sie die Gastgeberin. Sie war wie alle anderen festlich zurechtgemacht und trug ein grünes, glitzerndes Kleid.

Maya wurde am Kopf des Tisches platziert, sie hatte sich inzwischen so weit von den Strapazen des Fluges erholt, dass sie ihren Rollator nicht mehr brauchte. Meine Mutter saß in ihrer Nähe, während ich neben Rosa und Luzie am Fenster saß und abwechselnd Luzies Kleid und den pinkfarbenen Himmel betrachten konnte. Das Kleid war kurz und voller Rüschen. Es hatte riesige Puffärmel, die den Fangarmen eines toten Tieres glichen, das seine Beute nicht losgelassen hatte.

Die Tafel füllte sich allmählich mit Familienmitgliedern, die nach und nach in Taxis kamen. Maya wirkte erschöpft. Als ich mit Rosa zu ihr hinging, um ihr zu gratulieren, versicherte sie mir wieder, dass sie mich wie eine Enkelin liebe, aber während ich diese Redewendung bisher immer ignoriert hatte, traf sie mich diesmal plötzlich und hinterließ einen unangenehmen Nachgeschmack, wie Sodbrennen. Meine Mutter und ich überreichten ihr unser Geschenk, ein Parfum, das wir am Flughafen gekauft hatten und von dem wir nicht einmal wussten, wie es roch.

Rosa fragte, ob sie mit meinem Handy spielen könne, und

ich gab es ihr. Die Sonne war fast untergegangen. Ich schaute mich um und sah, dass alle außer mir sich lebhaft unterhielten. Diejenigen, die so alt waren wie ich, auf Hebräisch, alle anderen auf Russisch.

»Ludmilla«, sagte eine ältere Frau auf Russisch, deren Gesicht ich nicht zuordnen konnte, die ich aber bereits mehrmals am Pool gesehen hatte und von der ich meinte, dass sie sich mit Maya erst an diesem Morgen angefreundet hatte. »Ludmilla«, wiederholte sie, da es ein bisschen dauerte, bis ich meinen alten Namen wieder zu mir selbst in Beziehung gesetzt hatte. »Ludmilla, womit vertreibst du dir hier die Zeit?«

»Wir sind im Urlaub. Wir gehen schwimmen. Wir sonnen uns. Wir essen.«

»Wart ihr schon einmal in Israel? In Jerusalem? Ihr müsst nach Jerusalem, es ist schöner als Paris.«

»Wann warst du in Paris?«, fragte Maya über den ganzen Tisch hinweg.

»Alle sagen, es sei schöner als Paris.«

»Aber wann warst du da?«

»Mitja war da.« Ich hatte keine Ahnung, wer das war.

»In Paris?«, fragte Maya.

Der Kellner brachte Schalen mit Brot und Olivenöl. Ich gab Rosa ein Stück und fing an, an der Brotkruste zu kauen.

»Ihr wart noch nie in Paris?« Meine Cousine drehte sich empört zu mir um.

»Wir waren da«, versuchte ich mich zu rechtfertigen.

»Ihr müsst dort unbedingt hin.«

»Wir waren da!« Ich griff nach dem Arm meiner Cousine und behielt ihn aus Versehen eine Spur zu lange in meiner Hand. Ihre Haut war weich und warm, und dann sah ich die beiden blassen Narben an ihrem Handgelenk und ließ sie schnell wieder los.

Luzie schaute mir in die Augen: »Hat es euch gefallen?«

»Wir waren im Disney-World.« Es hätte keinen Sinn gehabt, zu erklären, dass ich jede Galerie und jedes Museum in Paris kannte, genau wie zahlreiche Ateliers und die Wohnungen von Sammlerinnen.

Sie lächelte, und Rosa fing genau im richtigen Augenblick an, laut nach einem anderen Spiel zu verlangen. Ich nahm ihr das Handy ab und bestätigte einen In-App-Kauf der Baby-Born-App, obwohl es gegen meine Prinzipien war. Rosa strahlte und drückte mir einen Kuss auf die Wange.

Die unbekannte Frau redete weiter, und ich antwortete pflichtbewusst auf Russisch. Meine artigen Repliken ähnelten denen aus alten sowjetischen Theaterstücken, sowohl was ihren Inhalt als auch was die Ausdrucksweise anlangte.

Als die Kellner die Teller mit den Vorspeisen vor uns abstellten, wurde mir klar, dass wir nicht à la carte bestellen würden, sondern dass es ein vorab abgesprochenes Menu gab. Sergej hatte wahrscheinlich sein Interview bereits in ein Restaurant verlegt und saß im Kerzenlicht seiner Journalistin gegenüber, während er auf das Vitello tonnato und einen leichten Weißwein von der Loire wartete. Er würde sofort zum Brotkorb greifen und irgendwann auch nach der Hand der Journalistin. Wahrscheinlich würde er damit bis zum Nachtisch warten. Ich war mir auf einmal sicher, dass die Journalistin lange schlanke Beine hatte. Sergejs Griff würde fordernd und bestimmt sein, nur um sie dann wieder loszulassen und sie auch später auf dem Weg zu seinem Zimmer kein einziges Mal zu berühren. Das Festival hatte ihm ein schönes, luxuriöses Zimmer gebucht. Nicht unbedingt geschmackvoll, aber groß. Sergej würde dem Rezeptionisten zunicken, mit ihr auf den Aufzug warten, und während all dieser Zeit würde er schweigen, dabei vielleicht eine Melodie summen. Sie wäre irritiert, immerhin amüsiert, weil er sich nicht um Konversation bemühte. Im Zimmer würde er in aller Ruhe die Vorhänge zuziehen, seine Mails und Nachrichten auf dem Handy überprüfen, das Gerät dann auf lautlos stellen und es weglegen, wobei er es schaffen würde, dies als eine große Geste zu inszenieren. Er würde sein Hemd aufknöpfen, aber es noch nicht ausziehen, und dann wäre er endlich bei ihr.

»Ist alles in Ordnung?«, fragte Luzie.

Ich nickte, schluckte das Stück Brot herunter und sagte: »Hm.«

»Du bist nicht allzu gesprächig.«

»Bist du es?«

Sie lachte. Rosa gähnte.

»Wieso ist Sergej nicht mitgekommen?«

»Er muss arbeiten.«

»Arbeitet er immer so viel?«

»Es ist Festivalsaison.«

Sie sah mich spöttisch an.

Die Servierschalen waren mit Karotten in Form von Blüten geschmückt. Rosa fragte, ob sie eine haben könne, und ich beugte mich rüber zu den Schalen, fischte zwei, dann sogar drei Blüten heraus und legte sie auf Rosas Teller. Luzie richtete nun ihre ganze Aufmerksamkeit auf mich. Sie spielte mit ihrem Verlobungsring und setzte gerade zu einer Frage an, als meine Mutter auf uns zukam und meine Schulter tätschelte. Sie verwickelte Luzie in ein längeres Gespräch, und ich atmete auf.

Irgendwann ergriff Maya wieder das Wort. Während sie sprach, hörten die anderen kaum zu. Elena checkte ihre Mails und Nachrichten, Vlad unterhielt sich leise mit seiner Frau, ihre Töchter starrten ebenfalls auf ein Handy, das sie unter dem Tisch versteckt hielten. Nir und seine Freundin waren verschwunden, meine Tochter stocherte in ihrem Essen herum, und meine Mutter versuchte unauffällig, einen Fleck von ihrem

Kleid zu wischen. Maya musste etwas lauter sprechen, um gegen den Lärm anzukommen, und ich schien die Einzige zu sein, die ihr zuhörte. Seit dem Gespräch mit meiner Mutter auf dem Balkon wollte ich etwas verstehen.

Maya erzählte zunächst die gleichen Anekdoten wie immer. Es ging, genau wie beim letzten Mal, um den Krieg, doch bald schon veränderte sich ihre Stimme, und sie wurde nachdenklicher, zögernder. Erstaunt stellte ich fest, dass sie vom üblichen Erzählprotokoll abwich und anfing, über Rosa zu sprechen. Dabei stellte sie nicht nur wie üblich sich selbst in den Vordergrund, sondern begann zu lügen. Sie behauptete, sie selbst sei ein Wunderkind gewesen, während Rosa Schwierigkeiten in der Schule gehabt habe. Rosas Cello-Spiel sei unerträglich gewesen, obwohl sie jahrelang täglich geübt hatte. Sie sagte, Rosa sei nicht in der Lage gewesen, auch nur ein Gedicht auswendig zu lernen, und ich verstand nicht, weshalb das hier an einem lauwarmen Abend auf Gran Canaria, achtzig Jahre später, noch irgendeine Rolle spielen sollte. Ich wusste, dass Rosa nach dem Krieg ihren Schulabschluss nachgeholt, mehrere Klassenstufen übersprungen und ihr Studium als Grundschullehrerin sowie als Lehrerin für Geschichte in den höheren Klassen im Doppelstudium erfolgreich beendet hatte. Und ich wusste auch, dass Maya nur dank Rosa überlebt hatte, obwohl Maya gerade das Gegenteil behauptete und mit wilden Behauptungen nur so um sich warf. Ich wunderte mich, dass es niemanden gab, der oder die Mayas Version korrigierte oder zumindest mit den Augen rollte. Vielleicht ließen sie sie reden, weil sie sowieso nicht mehr lange zu leben hatte.

Zum Glück erhob sich schließlich Elenas Mann. Ich hoffte, er würde Maya korrigieren, aber stattdessen setzte er an, eine Rede auf sie zu halten. Er hielt einen Augenblick inne, um sich zu vergewissern, dass ihm tatsächlich alle zuhörten, räusperte sich dann und sagte: »Maya, der wir unsere Familie zu verdanken haben, die so oft ihre große Schwester gerettet hat – mehrmals im Krieg und auch danach half sie unserer Familie ...« Seine Stimme war tief und melodisch. Er klang wie ein Kantor und zählte Mayas angebliche Heldentaten auf.

Die Erzählung hatte sich in den Jahren nach Rosas Tod verschoben und verändert, das wusste ich, aber der Eingriff in die Realität war tiefgreifender, als ich es mir je hätte vorstellen können. Meine Mutter starrte auf ihre Füße. Meine Tante applaudierte begeistert, Maya wischte sich eine Träne aus dem Augenwinkel. Ich lächelte meiner Mutter zu, aber sie ignorierte meinen Blick. Ihr Gesicht verhärtete sich zunehmend, schließlich sanken ihre Schultern herab.

Indessen standen alle auf und prosteten Maya zu. Rosa schaute von ihrem Spiel auf. Maya bedankte sich, mein Onkel umarmte sie, ihre Kinder ebenfalls. Vlad lächelte. Luzie machte Fotos. Niemand widersprach. Alle setzten sich wieder hin und aßen weiter. Das letzte Sonnenlicht flutete den Himmel und tauchte uns in ein goldenes Licht. Die Stimmung war ausgelassen. Zumindest für unsere Verhältnisse.

Mein Display leuchtete auf. Sergej schickte ein Foto von sich und der Journalistin. Tatsächlich war es ein Gruppenbild mit ziemlich vielen Menschen, die alle Abendgarderobe und gute Laune zur Schau trugen. Er hatte den dunklen Anzug an, den wir erst am letzten Wochenende vor meiner Abreise zusammen ausgesucht hatten, und die Frau, die die Journalistin sein musste, trug ein schwarzes Kleid, das wahrscheinlich bei jeder Bewegung nach oben rutschte, weil es so eng war. Ich setzte ein Herz darunter und schickte ihm ein Selfie von mir und Rosa.

Als wir wieder allein waren und Rosa bereits tief schlief, explodierte meine Mutter. Ich hatte sie nicht mehr so wütend erlebt, seit ich mit sechzehn auf einer Party gewesen war, auf der es schlechte Hasch-Cookies gegeben hatte. Sie hatte mich damals von der Polizeiwache abholen müssen.

»Wie kann er es nur wagen?«, rief sie aus, während sie auf und ab lief: »Er hat meine Mutter noch nie respektiert. Dieser miese kleine Hund.«

Sie fragte nach einer Zigarette. Ich gab ihr keine. Meine Mutter hatte zwanzig Jahre lang geraucht und vor zehn Jahren nur mit Mühe aufgehört. Sie nahm einen Kaugummi und kaute entschlossen darauf herum, bis das Ding den Geschmack verloren hatte. Danach goss sie sich ein Glas Wein ein und trank es auf ex.

»Als ob es Rosa niemals gegeben hätte«, sagte meine Mutter sehr laut.

»Die Wände sind dünn. Sie könnten dich hören.«

»Sollen sie doch!«, sagte meine Mutter ein wenig leiser und spielte mit ihrem leeren Glas.

»Möchtest du noch Wein?«, fragte ich.

»Ich glaube, ich habe genug«, stellte sie fest, und ich war mir nicht sicher, was sie damit meinte.

»Rosa sagte einmal, dass sie im Leben nichts außer der Shoah hatte«, sagte sie und schaute mich ausdruckslos an. »Aber sie hatte uns. Eine Familie. Und ein Leben davor.« Ich verstand nicht, was meine Mutter von mir wollte, Zuspruch, Widerworte oder Schweigen. Sie hatte ein Recht darauf, zu glauben, dass ihre Existenz das Leid ihrer Mutter aufwog.

»Rosa hatte viele Abtreibungen. Immer wenn sie sich leise mit ihren Freundinnen unterhielt und ich nichts mitbekommen sollte, ging es um Abtreibungen oder ermordete Verwandte.«

»Abtreibungen waren doch die Verhütungsmethode Nummer eins in der Sowjetunion.«

»Darum geht es nicht«, sagte meine Mutter bestimmt. Ich biss mir auf die Lippe.

»Ich weiß«, sagte ich und goss ihr Wein nach.

»Ich weiß ehrlich gesagt nicht, wie ich noch einem von ihnen in die Augen schauen soll. Nach all diesen Lügen«, sagte meine Mutter trotzig, wenn auch deutlich leiser, und dann sprach sie weiter: »Lou, schau doch mal, ob wir die Tickets noch umbuchen können. Ich halte es hier nicht mehr aus.«

»Wir könnten ein Auto mieten und in den Norden fahren, allein«, schlug ich vor.

»Nichts an Mayas Geschichte stimmt! Rosa hat Maya durch den Krieg gebracht und nicht umgekehrt. Sie war ja noch ein Kind, als der Krieg ausbrach, und nun behauptet sie, dass Rosa nicht mal ein einziges Gedicht aufsagen konnte. Als ob sie eine Idiotin wäre!«

»Rosa war nicht viel älter«, sagte ich.

Meine Mutter warf mir einen vernichtenden Blick zu. »Sie war vierzehn. Sie wusste, wie man sich zurechtfindet. Sie weigerte sich, Maya zurückzulassen. Sie teilte alles mit ihr. Sie sorgte dafür, dass sie überlebten. Sie wusste, dass sie sich nicht auf die Mutter verlassen konnten. Ihre Mutter war psychisch krank, sie hat nach dem Tod ihres Mannes die beiden Kinder einfach zurückgelassen. Welche Mutter macht denn so etwas? Sie glaubte, dass die Familie ihres Mannes schlecht über sie redete. Womit sie zugegebenermaßen Recht hatte. Sie schickte Rosa zum Spionieren bei Verwandten, was Rosa eine ganze Reihe unsäglicher Spitznamen einbrachte.«

Als ich ein Kind war, hatten wir in Baku eine psychisch kranke Nachbarin gehabt, die Augustina hieß. Manchmal bekam sie eine kleine Auszeit von der Psychiatrie, und dann besuchte sie ihre Mutter, die im Hausaufgang neben unserem wohnte. Erst bei Sonnenuntergang ging sie hinaus auf die Straße. Sie war groß und schlank, ihre Haare waren kurz, zottelig und ungekämmt, um ihre Schultern hatte sie immer eine Decke gewickelt. Für uns Kinder war es eine Mutprobe, sich ihr zu nähern, und die wenigen, die sich getraut hatten, rannten dann zu uns zurück, zu der Meute, die sich neben einem der Eingänge zu unserem Hochhaus versammelt hatte, und erzählten Schauergeschichten über Augustina. Schließlich versuchten auch wir, einen Blick auf sie zu erhaschen. Es gab damals kaum einen Ort in der Sowjetunion, der so viel Schrecken und Abscheu erregte wie die »Psychiatrie«. Von dort gab es keinen Weg zurück ins »richtige« Leben. Die Schuld an ihrer Erkrankung trugen die Kranken selbst. Ihre Schuld und Scham gaben sie an die Familie und alle Nachkommen weiter. Die Gesellschaft und der Staat waren mit solchen Störungen nicht zu behelligen, weswegen die Krankheit meiner Urgroßmutter so gut verschleiert wurde, wie es eben ging.

»Lou, sie hat ihre beiden Kinder mitten im Krieg zurückgelassen und ist verschwunden!«

»Wieso haben darüber eigentlich immer alle geschwiegen?«

»Weil es eine Schande war. Ich habe es noch nicht einmal deinem Vater erzählt.«

»Was weiß ich denn noch alles nicht?«

»Eine Menge.«

»Was soll das heißen?«

»Es waren andere Zeiten.«

»Und wann haben sie angefangen, die Geschichte zu verändern?«

»Was meinst du?«, fragte meine Mutter.

»Mayas Selbstermächtigung.«

»Das ist keine Selbstermächtigung, das sind Lügen«, sagte meine Mutter.

»Sie versucht, die Familiengeschichte neu zu schreiben, sie zu verbessern.«

»Sie reißt die Geschichte an sich.«

»Wieso hast du heute Abend nichts gesagt?«, fragte ich meine Mutter.

»Wie soll ich denn gegen sie ankommen? Hast du Elenas Mann gehört?«

Ich nickte. Meine Mutter schwieg eine Weile, und dann sagte ich: »Rosa hat die Wahrheit auch abgeändert, sie hat doch auch verheimlicht, dass ihr Vater erschossen worden ist.«

»Das waren andere Zeiten.« Meine Mutter nahm noch einen Schluck Wein und dann noch einen: »Ich dachte, du wärst in der Lage, das zu verstehen.«

»Doch.« Ich fühlte mich augenblicklich schlecht.

»Hat Rosa dir jemals etwas Genaueres erzählt?«, fragte ich.

Meine Mutter antwortete nicht. Sie wirkte müde und erschöpft. Ihre Augen waren gerötet, die Zornesfalte auf ihrer Stirn wirkte tiefer als je zuvor, und mit einem Mal wurde mir klar, wie alt sie schon war. Dennoch fing sie an zu erzählen, erst zögernd und dann immer schneller, als würde ihr die Zeit davonrennen. Sie erzählte bis weit über Mitternacht hinaus, und sie erzählte noch immer, als die letzten Urlauber verstummten. Sie erzählte mir das, was sie wusste.

Rosa wurde in Gomel geboren, einer ruhigen und grünen Provinzstadt, umgeben von Wäldern. Später würden in diesen Wäldern Juden erschossen werden und noch später Partisanen Zuflucht finden.

Boris, Rosas Vater, war Ingenieur und arbeitete in einem forstwirtschaftlichen Betrieb. Seine Frau Hannah war Lehrerin und kam aus einer kleinen Stadt nicht weit von Gomel. Die Orangen, die Boris ihnen von seinen Geschäftsreisen nach Leningrad mitbrachte, waren damals eine Rarität. Sie bewahrten sie zwischen den Fensterscheiben auf. Rosa spielte Cello und mochte ihre Lehrerin nicht. Die Lehrerin war alt und roch säuerlich. Die Erwachsenen sprachen untereinander Jiddisch und die Kinder Russisch.

Meine Mutter erzählte, dass Rosa gut in der Schule war, Geschichte war ihr Lieblingsfach. Sie war in einen Jungen verliebt, mit dem sie einen ganzen Sommer zusammen in einem Lager für Pioniere verbringen würde.

Die Straße, in der ihre Wohnung lag, war breit, eine gerade Linie bis zum Bahnhof, es herrschte reger Betrieb. Mutter erzählte, dass Rosa sich an die genaue Adresse erinnerte, aber nicht an ihr Kinderzimmer.

Rosas Großvater hatte eine Apotheke und sieben Söhne. Meine Mutter konnte sich nicht mehr an alle Namen erinnern.

Jüdische Feste wurden mit der ganzen Familie begangen. Rosas Mutter hatte Angst, die Verwandten ihres Mannes würden schlecht über sie reden, was sie auch taten. Sie schickte Rosa immer zum Spionieren, sie musste ihr alles Wort für Wort wiedergeben. Sie erinnerte sich an die Spitznamen, die ihr die belauschten Tanten gaben.

Meine Mutter erzählte vom 22. Juni 1941. Es war ein Sonntag gewesen, mitten in den Sommerferien. Sie hatten viele Pläne für die Ferien gehabt: Picknicks, Ausflüge in die Natur und zum Baden, Besuche bei Verwandten. Rosa hatte sich einen riesigen Stapel Bücher aus der Bibliothek ausgeliehen und konnte es kaum erwarten, mit dem Lesen anzufangen. Bald würde sie in ein Pionierlager fahren. Ein Junge, in den sie verliebt war, würde auch dort sein.

Die Ansprache des sowjetischen Verteidigungsministers Molotov wurde erst am Mittag im Radio übertragen. Rosas Eltern lauschten ihm ungläubig. Während der Rede schien die Zeit stehen geblieben zu sein, und nur wenige Augenblicke später schien sie schon zu rasen.

Danach versank alles im Chaos.

Eine der ersten Bomben fiel auf ihr Nachbarhaus. Rosa spürte eine gewaltige Druckwelle, dann hörte sie das Krachen und nur wenige Minuten später den Fliegeralarm.
   Von der Decke rieselte Betonstaub.

Am Himmel tauchten immer mehr Flugzeuge mit schwarzen Kreuzen auf, und mit ihnen kamen Detonationen und Gebrüll, Rauch, Feuer, Splitter und Todesangst. Tote und zerfetzte Körper lagen auf den Straßen, nachdem die Flugzeuge wieder abgedreht hatten.

Rosas Cousinen wohnten gegenüber. Nach dem ersten Einschlag in ihrem Hof rannten sie in ihren Pelzmänteln auf die Straße, obwohl Hochsommer war. Ein Krieg war das Letzte, worauf ihre Eltern sie vorbereitet hatten. Ihre Cousinen beherrschten Fremdsprachen, konnten Klavier spielen und waren Klassenbeste, aber sie hatten keine Ahnung, was zu tun war, wenn deutsche Piloten versuchten, sie und ihr Volk auszulöschen.

Ihre Eltern hatten einst auf eine bessere Zukunft für die Juden gehofft. Ihre Eltern erinnerten sich noch an die Pogrome. Es war nicht lange her. Im Sommer vor dem Zweiten Weltkrieg hatten sie jüdische Flüchtlinge aus Polen bei sich aufgenommen. Die hatten sie vor den Deutschen und dem Kommenden gewarnt.

Meine Mutter erzählte, dass Rosas Mutter schon vor dem Krieg krank gewesen war.

Der Himmel wurde von da an nachts von großen Scheinwerfern beleuchtet, die nach faschistischen Flugzeugen suchten. Dennoch wurden jede Nacht Bomben abgeworfen. Das ganze Haus zitterte, wenn in der Nähe eine Bombe fiel. Alle im Haus achteten darauf, dass die Fenster geschlossen waren. Sie hatten schnell gelernt, dass herumfliegende Splitter genauso gefährlich waren wie die Bomben selbst. Sie hatten auch gelernt, dass Fensterscheiben bei besonders schweren Detonationen zerbrachen.

Rosas Vater wurde dazu dienstverpflichtet, Schützengräben rund um die Stadt auszuheben. Er war fast den ganzen Tag lang fort. Ihre Mutter, Hannah, ging jeden Tag zum Bahnhof, um in einem der Züge, die die Bevölkerung evakuieren sollten, Plätze zu bekommen.

Die Züge bestanden aus hastig aneinandergehängten Güterwaggons, die eilends losgeschickt worden waren und kein bestimmtes Ziel hatten. Hauptsache, sie brachten die Menschen so schnell und so weit nach Osten, wie es nur ging.

Im Bahnhof drängten sich mehrere tausend Menschen. Selbst als er wegen Überfüllung geschlossen wurde, verharrten noch Hunderte auf dem Vorplatz. Die Leute waren überall, in der Eingangshalle, auf den Bahnsteigen, Kinder weinten, Säuglinge schrien, Gepäck stapelte sich, wurde geklaut oder einfach zurückgelassen. Kinder gingen verloren. Trotz der Sommerhitze trugen viele ihre Winterkleidung, Pelzmäntel, Winterstiefel und Mützen.

Die Stadt wirkte zunehmend verlassen.

Die Männer wurden mobilisiert. Rosas Vater wurde als hochqualifizierter Ingenieur in der Rüstungsindustrie eingesetzt und musste vorerst nicht an die Front.

Sie verließen die Stadt am 15. oder 16. Juli 1941. Es war fast unmöglich, in den Zug einzusteigen, weil so viele Menschen gleichzeitig in die Güterwaggons strömten. Es gab keine Verpflegung und kaum Wasser. Sie wussten nicht, wohin sie fuhren, nur dass es immer weiter nach Osten ging. Im Waggon roch es bald nach Körperausdünstungen. Die Hitze tat ein Übriges. Toiletten gab es keine, nur ein Loch im Boden. Sie wussten immer noch nicht, wohin sie fuhren. Der Zug musste ständig halten, weil sie entweder von der Wehrmacht bombardiert wurden oder Moskau den Befehl gab, abzuwarten.

Rosas Mutter ging es immer schlechter, und eine der Töchter musste immer bei ihr bleiben.

Meine Mutter erzählte, dass Rosa große Angst hatte, ihre Schwester zu verlieren: Während die Züge hielten, verließen die Menschen die Waggons, um ihre Notdurft zu verrichten und nach Lebensmitteln zu suchen. Wenn der Zug sich nach einem kurzen Signal wieder in Bewegung setzte, schafften es nicht immer alle rechtzeitig zurück. Es kam vor, dass auf der Strecke Menschen zurückgelassen oder auch von den Rädern zerquetscht wurden. Vor allem Kinder waren zu langsam, um auf den anfahrenden und schneller werdenden Zug aufzuspringen. Was mit den Kindern geschah, mochte sich niemand ausmalen.

Einige Kinder spielten Ball, wenn der Zug stand und nicht bombardiert wurde. Den Ball hatte irgendjemand, ohne weiter zu überlegen, eingepackt. Nach einem solchen Spiel schaffte es Rosa einmal fast nicht mehr rechtzeitig zurück. Der Zug rollte bereits, und sie rannte hinterher. Sie konnte nicht hineinklettern, weil der Zug immer schneller wurde und die Trittbretter der Waggons sehr hoch waren. Ein Junge, kaum älter als sie, zog sie ins Abteil.

Der Zug hielt in Lipezk, einer russischen Provinzstadt, die nach Linden benannt war. Auch diese Stadt war von vielen ihrer Einwohner bereits verlassen worden, und sie spazierten in den ersten Tagen nach ihrer Ankunft lange durch breite, leere Straßen.

Sie waren in einer verlassenen Wohnung untergekommen. Die meisten Sachen der Vorbesitzer waren noch dort: Möbel, einzelne verschlissene Kleidungsstücke, Bücher und Fotografien. Es war, als ob sie jemand in ein fremdes Leben verpflanzt hätte. Zuerst gaben sie sich noch Mühe, nicht zu viel anzufassen oder zu verrücken. Sie lebten so, als ob die rechtmäßigen Besitzer jeden Augenblick durch die Tür treten könnten. Doch nach einer Weile ließen sie die Vorsicht sein und bewegten sich wie selbstverständlich zwischen den fremden Möbelstücken.

Meine Mutter erzählte von einer Statistik, die besagte, dass nur elf Prozent der jüdischen Kinder in Europa überlebt hatten, in osteuropäischen Gebieten, etwa in Polen, waren es nur drei Prozent. Drei Prozent aller jüdischen Kinder.

Hannah arbeitete wieder – sie unterrichtete Deutsch. Allerdings sollen sich die Schüler und Schülerinnen über sie lustig gemacht haben, da es kein Deutsch, sondern Jiddisch gewesen sei. Hannah verschwand immer wieder für mehrere Tage und ließ Rosa und Maya allein. Die Mädchen schämten sich für Hannahs Verhalten. Vor allem für die Dinge, die sie vor Männern in jener Zeit gesagt und getan hatte. Auch ihr Vater war fast immer abwesend. Er arbeitete etwa fünfzehn Kilometer außerhalb der Stadt und war dort für ein Militärlager verantwortlich. Das bedeutete damals: verantwortlich mit seinem Leben.

Von der Front kamen ausschließlich Nachrichten von Niederlagen. Die Nachbarn fingen an, ihre Parteiausweise zu verstecken und Porträts von Lenin und Stalin zu verbrennen.

Meine Mutter erzählte, dass die Familie weiterfliehen musste. Sie wurden von einem neuen Bekannten ihres Vaters in einem Militärzug mitgenommen und fuhren in den Osten, wohin genau, das wusste niemand – die Endstation unterlag der Geheimhaltung. Sie kamen nur sehr langsam voran. Immer wieder begegneten ihnen Militärzüge mit Soldaten, die an die Front transportiert wurden, und zunehmend auch Züge mit Verletzten, die in die entgegengesetzte Richtung fuhren. Schließlich waren auch Züge mit sowjetischen Minderheiten unterwegs, die in die Verbannung geschickt wurden. Rosa sah versiegelte Waggons mit tschetschenischen Kindern am Nebengleis und konnte jahrelang mit niemandem darüber sprechen.

Meine Mutter erzählte, dass ihre Sachen nach einer Woche Fahrt an der winzigen Station »Ozinki« ausgeladen wurden. Um sie herum schien es kaum etwas anderes zu geben als Schneemassen. In der Nacht zuvor waren neue Anweisungen ergangen: Zivilisten durften nicht weiterfahren. Ihr Vater stapfte durch den Schnee ins Dorf. Er ging von Haus zu Haus und klopfte an jede Tür, um eine Unterkunft für die Familie zu finden. Nach einer Weile kam er mit einem Schlitten zurück und brachte sie ins Dorf, das sich mehrere Kilometer von der Station entfernt befand. Er brachte sie in das Haus einer älteren alleinstehenden Frau.

Sie aßen dort zum ersten Mal in ihrem Leben eine Suppe mit Pferdefleisch.

Ihr Vater warnte sie, eine Hungersnot würde auf sie zukommen: In jenem Jahr hatte es keine Ernte gegeben, die Männer waren eingezogen, und es gab kaum jemanden, der die Felder abernten konnte. Die Vorräte waren bereits aufgebraucht.

Sie zogen bald in ein anderes Haus. In Ozinki lebten vor dem Krieg viele Wolga-Deutsche, die kurz vor der Ankunft der Evakuierten nach Sibirien oder nach Kasachstan deportiert worden waren. Nun wurden die Geflüchteten in deren Häusern untergebracht, natürlich ohne Wissen der ehemaligen Besitzer.

Der Vater bekam nur wenig später den Einberufungsbefehl für die Armee. Bis dahin hatte er als leitender Ingenieur in einem kriegsrelevanten Betrieb gearbeitet. Er war fest davon ausgegangen, dass dies auch hier gelten würde.

Rosas Mutter wollte ihn auf keinen Fall gehen lassen. Rosa erinnerte sich daran, dass ihr Vater dachte, es sei ein Missverständnis, das sich leicht aufklären lassen werde. Sie erinnerte sich daran, dass die Eltern sich die ganze Nacht lang erbittert stritten. Es wurde geschrien, Geschirr ging zu Bruch. Das ging so lange, bis ihr Vater seine Sachen zusammenpackte und sich zur Einberufungsstelle aufmachte.

Meine Mutter erzählte, dass Rosa glaubte, sich daran zu erinnern, dass der Einberufungsbefehl an die falsche Adresse versandt worden sei. Anscheinend traf er im Haus der älteren Dame ein, bei der sie zuerst untergekommen waren. Nur war sie Analphabetin, deswegen war der Brief zu spät weitergeleitet worden. Auf der Einberufungsstelle wurde ihm gesagt, er komme zu spät: Man habe den Einberufungsbefehl bereits vor einer Woche zugestellt, er sei nicht erschienen und die Frist inzwischen verstrichen. Als Hannah dies zu Hause hörte, warf sie sich auf den Boden und fing an zu jammern und zu weinen.

Meine Mutter erzählte, dass Rosa ihre Mutter in diesem Augenblick hasste.

Ihr Vater wurde als Deserteur verhaftet und in einem vergitterten Zug ins Gefängnis nach Saratow überstellt. Es war der 12. Februar 1942.

Am nächsten Morgen kamen drei Polizisten und konfiszierten Boris' Eigentum oder das, was sie dafür hielten. Rosa erinnerte sich an die Gier in ihren Augen und die eigene Scham. Bevor sie wieder gingen, übergaben sie Hannah eine Liste mit den beschlagnahmten Dingen. Danach stand ihre Mutter stundenlang am Fenster, starrte hinaus, riss sich die Haare aus und winselte wie ein Hund.

Hannah fuhr nach Saratow, um ihren Mann im Gefängnis zu besuchen. Rosas Mutter hatte erzählt, wie schwach er ausgesehen habe, dass er sich kaum auf den Beinen hatte halten können. Die Wärter warteten auf die Deutschen, kümmerten sich nicht um die Gefangenen, ließen sie aber auch nicht frei.

Boris wurde nur achtundvierzig Jahre alt. Er starb als Deserteur, und das hieß: als Volksverräter.

Der Schnee schmolz und wurde vom Regen fortgespült. Hannah verschwand, bevor es wärmer wurde.

Rosa und ihre Schwester mussten sich eine andere Unterkunft suchen.

Meine Mutter erzählte, dass Rosa sich im Frühjahr mit Bauchtyphus angesteckt hatte. Sie bekam hohes Fieber, hatte starke Bauch- und Kopfschmerzen und war bald nicht mehr ansprechbar. Sie lag mehrere Wochen lang fiebernd und kaum bei Bewusstsein auf der Quarantänestation. Manchmal kletterte Maya über den Krankenhauszaun, um nach ihr zu sehen. Obwohl es wegen der Ansteckungsgefahr streng verboten war, nahm Maya sich das Brot, das die Kranken nicht aufgegessen hatten.

Nach der Krankheit konnte Rosa sich kaum auf den Beinen halten.

Meine Mutter erzählte von Alt-Ozinki, einem kleinen Dorf vierzehn Kilometer von der Bahnstation entfernt. Dort lebten sie fortan. Rosa war fünfzehn und ihre Schwester zehn. Sie war einsam. Sie hatte Angst, und am meisten Angst hatte sie davor, ihre Angst zu zeigen. Manchmal hasste sie es, für Maya verantwortlich zu sein. Sie hatte Angst, ihre Schwester könnte das spüren.

Im Spätsommer fanden sie eine Unterkunft: in der ehemaligen Dorfbibliothek, einem kleinen baufälligen Häuschen, das aus nur einem Zimmer und den zurückgelassenen Büchern bestand. Es gab keinen Ofen und keine Heizung, in der Decke klaffte ein großes Loch – aber die Bücher hatten sie überzeugt. Rosa las sich während der Zeit in diesem Haus durch die gesamte Bibliothek.

Sie suchten Steine, um das Haus winterfest zu machen und einen Ofen für die halbverfallene Hütte zu bauen. Sie hatten keine rechte Vorstellung davon, wie es gehen könnte. Besonders Maya war von diesem Projekt besessen. Sie probierte die unterschiedlichsten Bauweisen aus, experimentierte mit Formen, Ton und

Backsteinen, aber nichts wollte klappen. Die Steine holte sie aus einer nahe gelegenen Ziegelei.

Den Winter über heizten sie mit Büchern. Sie hatten lange gezögert, aber es blieb ihnen keine Wahl, sie hatten es nicht geschafft, einen Ofen zu bauen, und draußen waren es minus 35 Grad. Es war eine Kälte, die sich in den Knochen festsetzte, die niemals nachließ, und Bücher bedeuteten Wärme.

Rosa erinnerte sich daran, dass sie jeden Tag, bei jedem Wetter, ob Schnee, Regen, Tau oder Hitze, vierzehn Kilometer zu Fuß zur Bahnstation lief, um eine Arbeit zu finden oder das Wenige, was von ihrem Gepäck aus Gomel übrig geblieben war, gegen Lebensmittel einzutauschen. Da sie auf dem Land wohnten, bekamen sie keine Lebensmittelmarken. Die Landbevölkerung sollte sich selbst versorgen, nur wie das gehen sollte, hatte die Regierung ihnen nicht verraten. Rosa würde nie vergessen, wie sich Hunger anfühlte.

Sie gingen durch den Schnee zu einer kilometerweit entfernten Mühle und versuchten dort, Mehlstaub zu ergattern – eine dünne Mehlschicht, die beim Mahlen des Getreides übrig geblieben war und sich mit dem Staub der Steine vermischt hatte. Sie fanden zwei Säcke Mehlstaub, schleppten sie nach Hause und versuchten verzweifelt, es zu essen. Es war ungenießbar, sie bekamen Magenkrämpfe und gaben auf.

Sie versuchten, die Ledersohlen ihrer Schuhe zu kochen, ebenso die Rinde von Bäumen.

Mutter erzählte, wie Rosa von zwei Polizisten *erwischt* wurde, als sie versuchte, einen Silberlöffel, der noch geblieben war, gegen Lebensmittel einzutauschen. Sie wurde festgenommen und flehte die Polizisten an, sie gehen zu lassen. Sie erklärte ihnen, sie habe eine elfjährige Schwester, die auf sie angewiesen sei, die sie nicht allein lassen konnte.

Rosa wurde ins FZO in Saratow gebracht, eine Einrichtung für Jugendliche, die eine Mischung aus Zwangsarbeit, Kinderheim und Gefängnis war. Aber dafür gab es dort manchmal Suppe und Brot.

Rosa hatte ein schlechtes Gewissen, während sie dort aß. Bei der ersten Gelegenheit haute sie ab. Sie versteckte sich an einer kleinen Plattform hinter einem Güterzug und schaffte es so, mitten im Winter zu ihrer Schwester zurückzukommen.

Sie hatte zwei Brote dabei. Jedes Brot wog nur etwas mehr als ein halbes Kilo. Die beiden Laibe gefroren während der Reise.

Sie fand ihre Schwester fast verhungert im Haus. Sie hielt ihr ein Stückchen Brot an den Mund, damit sie daran saugen konnte. Sie wusste, wenn man Menschen, die fast verhungert aus Leningrad evakuiert worden waren, wieder feste Nahrung gab, starben sie.

Meine Mutter erzählte, dass Rosa am nächsten Tag anfing, Arbeit zu suchen.

Eine ältere jüdische Ärztin half ihr, eine Stelle in der Desinfektionskammer zu bekommen. Rosa scherzte immer darüber, dass im Gegensatz zu deutschen Desinfektionskammern in den sowjetischen die Kleidung der Kranken desinfiziert wurde. Es war eine schwere körperliche Arbeit. In einem großen Raum standen riesige Kessel mit kochendem Wasser. Darin wurden die Kleidung, die Bettwäsche und die blutigen Verbände der Kranken auf über 90 Grad erhitzt, um die Krankheitserreger abzutöten. Doch statt die Erreger abzutöten, steckte Rosa sich hier nach ein paar Wochen zum zweiten Mal mit Typhus an.

Rosa erinnerte sich daran, dass das örtliche Krankenhaus bereits überfüllt war und es dort keine Medikamente gab, auch kaum Ärzte oder Krankenschwestern, da die meisten von ihnen an der Front waren. Man quartierte Rosa in einer leerstehenden Wohnung ein und überließ sie dort weitgehend sich selbst.

Entgegen allen Erwartungen genas sie, wenn auch sehr langsam.

Meine Mutter erzählte, dass Rosa wieder zu ihrer Arbeitsstelle zurückkehrte. Als Lohn gab es dort Lebensmittelkarten, und in der Kantine wurde Suppe ausgegeben, die aus nicht viel mehr als heißem Wasser bestand. Dort aß sie mit ihrer Schwester.

Sie sprachen niemals über ihre Mutter.

Meine Mutter erzählte, dass sie 1943 zwei Briefe mit Einladungen erhielten. Einer kam aus Moskau, von einem Bruder ihres Vaters, und einer aus Baku, von Evel, einem anderen Onkel. Beide boten ihnen an, sie aufzunehmen. Es gab eine gesetzliche

Vorschrift, die besagte, dass sie ihren Wohnort nicht ohne eine offizielle Einladung wechseln durften.

Rosa erinnerte sich, dass sie nach Moskau wollte. Es war die Metropole, der Ort, von dem jeder und jede im sowjetischen Reich träumte und der als Ersatz für all die anderen Metropolen diente, die sowjetische Bürger nicht bereisen konnten. Sie entschied sich dennoch für ein Leben im provinziellen Baku, einzig weil ihr Onkel Evel kinderlos geblieben war, rechnete sie sich dadurch bessere Chancen für ihre Schwester und sich selbst aus.

Sie waren bis auf die Knochen abgemagert, als sie endlich fahren konnten.

Am 2. Juli 1944 stiegen sie auf das Schiff *Kolontai*. Die Reise dauerte einen Tag und eine Nacht. Das Kaspische Meer blieb ruhig, und am nächsten Morgen lag Baku im warmen Dunst vor ihnen. Rosa trug amerikanische Stiefel, die ihr bis zu den Knien reichten und die aus einer Hilfssendung für russische Waisenkinder stammten. Sie erinnerte sich nicht mehr daran, wie sie zu dieser Sendung gekommen waren.

Meine Mutter erzählte, dass Evel und seine Frau Rosa und Maya vom Hafen abholten. Es war heiß und staubig. Die Menschen auf den Straßen sprachen unterschiedliche Sprachen, mal hörten sie Russisch, dann Aserbaidschanisch oder Armenisch, sogar Griechisch. Auch die Architektur war eine völlig andere als die einer russischen Kleinstadt. Es war die Ankunft in einem neuen Leben.

Rosa erinnerte sich, dass ihr Anblick ihre Verwandten verstört hatte, auch wenn sie versuchten, sich nichts anmerken zu lassen.

Meine Mutter erzählte, dass vor allem Maya sich ihren neuen Lebensbedingungen nicht anpassen konnte. Evels Frau stammte aus einer *guten* Familie, in der es Bildung, Wohlstand, Manieren und Gouvernanten gegeben hatte. Sie praktizierte als Ärztin zu einer Zeit, als viele Frauen noch nicht einmal wählen oder studieren konnten. Ihr Vater war ein berühmter Augenarzt gewesen, und auch ihre drei Schwestern wurden Medizinerinnen. Doch Evels Frau war es, der es gelang, die Trachome in Aserbaidschan auszurotten. Sie legte großen Wert auf Umgangsformen, und die waren Maya im Krieg völlig abhandengekommen. Das Kind war nicht nur traumatisiert, sondern auch schwer erziehbar.

Rosa zog, so schnell es ging, bei Evel und seiner Familie aus, da die Wohnung für sie alle zu klein war. Sie sehnte sich danach, allein zu sein. Ohne ihre Schwester.

Sie hatte das Gefühl, so viel verpasst zu haben. Obwohl sie mehrere Schuljahre durch den Krieg versäumt hatte, gab sie dies nach ihrer Ankunft in Baku nicht an, damit sie in eine höhere Klasse eingeschult wurde. Wann immer es ging, saß sie in der Bibliothek und holte den versäumten Stoff nach. Rosa schaffte den Schulabschluss mit Auszeichnung, schrieb sich an der Universität ein und absolvierte ein Doppelstudium. Sie studierte Geschichte und Grundschullehramt.

Fast ein Jahrzehnt später erhielt Rosa einen Brief von ihrem Onkel aus Moskau, in dem stand, dass Hannah in einer Psychiatrie in der Nähe von Moskau untergebracht war. Maya wollte Hannah nicht in ihrer Nähe haben. Am liebsten hätte sie diese nie wiedergesehen. Rosa war gerade selbst Mutter geworden. Sie bat Hannah, nach Baku zu kommen. Aber sie erzählte Maya nichts davon.

Mutter erzählte, dass es deswegen zu einem großen Streit zwischen Rosa und Maya kam. Als Hannah in Baku ankam, hielten es weder Rosa noch ihre Schwester länger als eine halbe Stunde in ihrer Nähe aus.

Meine Mutter beendete abrupt ihre Geschichte und betrachtete schweigend ihre Hände. Irgendwann sagte sie: »Ich habe Kopfschmerzen. Ich werde mich hinlegen. Kannst du dich bitte um den Rückflug kümmern? Ich halte es hier nicht mehr aus.«

»Es sind nur noch drei Tage. Das kriegen wir doch hin.« Ich versuchte, nicht allzu genervt auszusehen.

Doch meine Mutter schüttelte nur den Kopf und wiederholte: »Ich habe genug. Mir ist völlig egal, was es kostet. Buch es um.«

Als sie den Balkon verließ, fing ich an zu googeln. Eine Stunde später hatte ich die Flüge von Rosa und meiner Mutter auf den übernächsten Tag umgebucht, wobei die Umbuchung fast genauso viel kostete wie ein regulärer Flug und sie nur einen Tag früher als die anderen zurückfliegen würden. Aber ich wusste, wann meine Mutter es ernst meinte.

Statt danach ins Bett zu gehen, ließ ich mich von der Verführungskraft der Algorithmen in die unendlichen Weiten des Internets davontragen. Ich schaute mir Neuigkeiten von Celebrities an, die ich nicht kannte, Tipps für Hautpflege, für den

Haushalt, Lamas. Ich lenkte mich ab, um nicht an all das zu denken, was meine Mutter mir erzählt hatte. Natürlich hatte ich früher immer einzelne Teile der Geschichte gehört, von meiner Mutter, von Rosa, von Maya, von Elena. In meiner Kindheit war der Holocaust allgegenwärtig gewesen, an ihn wurde überall von Nachbarn oder Freunden erinnert. Maya war die letzte Zeugin, und sie veränderte die Geschichte vom Überleben nach ihren Bedürfnissen. Sie stellte sich selbst in den Mittelpunkt, was ihr gutes Recht war, nur hätte das nicht auf Kosten von Rosa geschehen müssen. Sie manipulierte die Erinnerung und war doch zugleich die Einzige, die sich überhaupt noch erinnern konnte. Darum galt nun Mayas Wort, und ich hatte das Bedürfnis, dem etwas entgegenzusetzen.

Ich beschloss, noch ein paar Tage länger auf der Insel zu bleiben. Ich würde im Meer schwimmen, das so warm wie Badewasser war, ich würde in einem Restaurant essen, bei dem sogar der Außenbereich klimatisiert war, und ich würde noch einmal mit Maya und Elena reden und dabei vielleicht sogar herausfinden, wann sich alle darauf geeinigt hatten, dass Maya Rosa gerettet hatte und nicht umgekehrt.

Ich hatte meiner Mutter gleich beim Frühstück gesagt, dass sie zwar einen Tag früher als geplant würde zurückfliegen können, aber ich hatte ihr nicht gesagt, dass sie dies alleine mit Rosa würde tun müssen. Ich wartete auf den richtigen Moment, doch der schien nicht zu kommen. Jedes Mal wenn ich dazu ansetzte, kam etwas dazwischen. Jemand aus der Familie tauchte unvermittelt auf, wollte tratschen; oder eine Taube, die sich einem Mann am Nebentisch auf den Kopf setzte; oder Vlads Mutter, die wie ein Gespenst durch die Anlage schlich und vor der sich alle versteckten. Meine Mutter wiederum gab sich große Mühe, allen Verwandten möglichst aus dem Weg zu gehen. Sie vermied eine offene Konfrontation, ihr Plan war es, einfach zu verschwinden und bis dahin niemandem zu begegnen.

Als es dann endlich passierte, standen wir gerade im Aufzug. Wir hatten den Nachmittag am Strand verbracht und wollten duschen und uns umziehen, bevor wir zum Abendessen gehen würden. Wir waren zwischen einem aufblasbaren Flamingo und einem Glitzer-Einhorn eingequetscht, Rosa klammerte sich an mein Bein, und ich sagte: »Ich würde gerne noch ein paar Tage bleiben.«

»Wo?«

»Hier.«

»Rosa würde die Meeresluft sicher guttun, aber die anderen bleiben auch nur noch zwei Tage.«

»Eigentlich ...«, beeilte ich mich zu sagen.

»Ja?« Meine Mutter klang ungeduldig.

»Ich brauche noch etwas Zeit.«

»Zeit wofür?«

Ich wurde verlegen.

»Zeit wofür?«, wiederholte meine Mutter.

»Ich will mit Maya reden.«

»Worüber?«

Die Aufzugtür ging auf, wir waren auf unserer Etage angekommen. Meine Mutter stieg als Erste aus, Rosa und ich folgten ihr in den langen Flur, der zu unseren Zimmern führte.

»Und wie stellst du dir das vor?«, fragte meine Mutter. »Soll Rosa mit?«

Meine Mutter schloss die Tür zu ihrem Zimmer auf, und ich wusste, dass dies meine letzte Chance war.

»Ich dachte, vielleicht könntest du …?«, fragte ich.

»Was?« Die Stimme meiner Mutter klang bedrohlich.

»Rosa mit nach Berlin nehmen.«

»Ist Sergej da?«

»Er ist in Salzburg, er kommt bald wieder«, sagte ich, obwohl ich keine Ahnung hatte, wann und ob er überhaupt zurückkehren würde.

»Eine Woche und keinen Tag länger. Danach muss ich wieder arbeiten«, sagte meine Mutter bestimmt, lief in ihr Zimmer und zog die Tür hinter sich zu.

»Ich will *Paw Patrol* schauen«, sagte Rosa. Ich nickte und kramte weiter nach unserer Zimmerkarte. In dem Moment riss meine Mutter wieder die Tür auf, ging schnell auf mich zu, griff nach meinen Ellbogen und sagte: »Versuch, die Wohnung zu behalten!«

Am nächsten Tag war meine Mutter bereits im Morgengrauen aufgestanden, war am Strand spazieren gegangen und geschwommen. Sie hatte allein gefrühstückt, um bloß niemandem zu begegnen.

Ich kümmerte mich um Rosas Sachen, packte den Koffer, legte die kleinen Teile zusammen, presste die Luft aus dem Wasserspielzeug. Ich hatte ein schlechtes Gewissen, weil Rosas Urlaub so verkürzt wurde, aber vielleicht könnte ich Sergej ja überreden, noch einmal mit uns wegzufahren. Oder ich würde allein etwas mit Rosa machen, was mir sowieso am liebsten gewesen wäre. Ich ging mit ihr noch einmal zum Pool und versuchte, ihr Schwimmen beizubringen, aber sie wollte lieber im Wasser spielen. Also ließ ich sie so lange baden, bis sie müde wurde.

Beim Mittagessen schwieg meine Mutter die meiste Zeit. Ihr Gesicht wirkte verschlossen, die Muskulatur angespannt, die Antworten, die sie gab, waren einsilbig und fahrig. Ich versuchte, ihr Freiraum zu lassen, auch um meine freien Tage nicht zu gefährden. Meine Mutter aß systematisch ihren Salat und ermahnte Rosa, es ihr gleichzutun, denn das nächste Mal würden sie erst im Flugzeug etwas zu essen bekommen. Als sie das sagte, bekam Rosa sogleich glänzende Augen und aß gar nichts mehr.

Kurz darauf kam auch schon das Taxi, und wir luden das Gepäck in den Kofferraum. Meine Mutter hatte sich nicht nur von keinem einzigen ihrer Verwandten verabschiedet, sondern es auch noch irgendwie geschafft, ihnen den ganzen Tag nicht über den Weg zu laufen. Ich umarmte Rosa und sagte ihr, dass ich bald wieder bei ihr sein würde. Sie nickte und zog ihr Kuscheltier an sich. Kurz bevor die Autotür sich schloss, fing sie an zu weinen. Ich wollte die Tür wieder aufmachen und sie trösten, am liebsten wäre ich mit eingestiegen, doch meine Mutter musste den Fahrer gebeten haben, sofort loszufahren, denn das Taxi setzte sich in Bewegung.

Am Nachmittag wurde ich von den anderen mit Fragen überfallen, wobei es nicht wirklich Fragen waren, die sie stellten, sondern Vorwürfe, die an meine Mutter gerichtet waren und die ich als Stellvertreterin annehmen sollte. Ich hatte mich zu Maya und Elena auf die Terrasse gesetzt. Bevor ich dazugekommen war, hatten sie sich angeregt unterhalten, aber jetzt verstummten sie und starrten mich an.

»Deine Mutter hatte es eilig«, sagte Elena, und ich erwiderte nichts. Nahm nur einen Schluck von meinem Kaffee.

»Sie war schon immer so überempfindlich. Was hat ihr diesmal nicht gepasst?«, fragte Maya.

Ich nahm noch einen Schluck Kaffee: »Genau darüber wollte ich mit euch sprechen.«

Beide zogen gleichzeitig ihre Augenbrauen hoch.

»Vielleicht könntet ihr mir noch einmal über den Krieg erzählen?«

»Über den Krieg oder von Rosa?«

»Von Rosa und vom Krieg«, sagte ich.

»Das ist meine Geburtstagsreise, sie hätte nicht einfach so abreisen dürfen.« Maya betrachtete skeptisch den Kuchen auf ihrem Teller, schob ihn hin und her, probierte ein Stückchen und verzog das Gesicht.

»Sie hatte ihre Gründe«, sagte ich.

»Ach ja?« Elenas Gesicht verhärtete sich. »Sie hat sich immer für etwas Besseres gehalten.«

»Nein, das hat sie nicht«, sagte ich und rückte meinen Stuhl etwas weiter vom Tisch weg. Es war das erste Mal, dass ich widersprochen oder mich auch nur jenseits vom Smalltalk geäußert hatte. Maya und Elena schauten mich an, als wäre ich ein störrisches Kind.

Am Abend schickte meine Mutter mir ein Foto von sich und Rosa. Sie waren in Berlin angekommen, und Rosa lag zwischen ihren Kuscheltieren und schlief. Das Lächeln meiner Mutter wirkte auf dem Bild frostig. Sie schrieb, Rosa hätte nach mir gerufen und mehrere Wutanfälle gehabt, aber sie schrieb auch, dass dies wohl vor allem an der Müdigkeit gelegen habe.

Ich aß mit Elena und Maya zu Abend, die anderen wollten erst später dazukommen. Sie diskutierten über Bekannte aus Israel und erwähnten die frühe Abfahrt meiner Mutter mit keinem Wort mehr. Die Stimmung war beklemmend, das Essen ungenießbar. Wir hatten uns am Buffet bedient, aber das Angebot hatte fast nur aus Schweinefleisch bestanden, so dass wir nun alle drei die vegetarische Lasagne aßen.

Am Nebentisch saß die Frau aus dem Pool mit ihrer Familie. Sie hielt sich sehr gerade und hatte drei Kinder, die alle in der Lage waren, mit Messer und Gabel zu essen. Plötzlich sagte Elena: »Ihr solltet mit Rosa nach Auschwitz.«

»Mit welcher Rosa?«, hakte Maya laut nach, sie wurde offenbar allmählich schwerhörig.

Elena schaute sie lange an, dann sagte sie: »Alle israelischen Kinder fahren da hin. Nir war letztes Jahr da. Es hat ihm sehr gefallen.«

»Ich denke darüber nach«, sagte ich.

»Was gibt es da nachzudenken?«, fragte Elena.

»Rosa ist noch ziemlich klein.«

Elena beugte sich vor und sagte: »Die Deutschen haben Kinder dort vergast, die waren noch jünger als Rosa.«

Ich beugte mich ebenfalls vor und sagte: »Ich weiß.«

»Ich verstehe nicht, weshalb ihr bei denen wohnt«, sagte Maya.

»*Bei denen* ist es sicher«, antwortete ich.

»Ach ja?«, fragte Elena.

»Ja«, bestätigte ich. Dabei hatte ich in Berlin einen kleinen Giftschrank mit Büchern, die mich daran erinnern sollten, es mir in Deutschland nicht allzu bequem zu machen – nicht aus Angst vor einer aufstrebenden faschistoiden Partei, sondern vor gewöhnlichen Bürgern, solchen, die es zum Beispiel normal fanden, 1938 Kristall auf die Straßen zu werfen oder nach 1945 nicht aus jüdischen Wohnungen auszuziehen und die noch verbliebenen Synagogen zu sprengen, denn die wurden ja nicht mehr benötigt. Womöglich hob ich das alles für meine Tochter auf, als eine Art Erklärungsversuch für etwas, das nicht zu erklären war.

»Und wieso willst du nicht nach Auschwitz?«, wollte Maya wissen.

»Ihr wart doch auch nicht dort«, sagte ich.

»Meinst du, ich habe noch nicht genug durchgemacht?«, fragte Maya, und ich wusste nicht, ob das ein Scherz sein sollte. Aber eigentlich hatte sie keinen Sinn für Humor.

»Doch, und genau darüber würde ich gern etwas mehr erfahren«, murmelte ich.

Elena wechselte das Thema.

Auch an unserem letzten Tag auf der Insel wichen sie meinen Fragen rigoros aus. Ich wollte aber endlich wissen, was wirklich passiert war, wessen Version stimmte und ob es etwas zwischen Maya und Rosa gab, von dem meine Mutter nichts wusste. Ich wusste, dass es eine Projektion war, konnte aber nicht verhindern, dass es sich immer mehr so anfühlte, als hinge meine ganze Existenz davon ab. Morgen früh würden sie abreisen. Maya würde nicht mehr lange am Leben sein, und wenn ich Antworten haben wollte, musste ich ihr hinterherreisen.

Ich redete mich mit Kopfschmerzen heraus und verabschiedete mich. In der Bar kaufte ich eine Flasche Wein und trank sie allein auf dem Zimmer, damit weder meine Tante noch Maya mich sahen. Ich fing an zu grübeln. Vielleicht musste ich tatsächlich nach Israel fliegen. Jetzt, allein mit der Flasche Wein, erschien mir das als die beste Idee.

Sergejs Telefon war ausgeschaltet, er bereitete sich wahrscheinlich auf seinen Auftritt in Salzburg vor. Ich schrieb ihm eine Nachricht, in der ich fragte, ob es für ihn in Ordnung wäre, wenn ich für ein paar Tage nach Israel fliegen würde. Meine Mutter würde in Berlin bei Rosa bleiben. Er antwortete mitten in der Nacht: Sicher. Fragte nicht, weshalb ich dorthin fliegen wollte oder was ich da vorhatte. Ich wurde darüber so wütend, dass ich das Handy in die Ecke schmiss. Ich hatte Angst, dass ich in eine Wohnung zurückkehren würde, in der er nicht da wäre. Irgendwo tief in mir wusste ich, dass es Unsinn war, aber die Möglichkeit bestand. Ich hob mein Handy auf und beschloss hinauszugehen.

Draußen waren kaum noch Menschen unterwegs. Nur laute Musik und Grölen aus den Bespaßungszentren der Hotelanlagen waren zu hören. Es war dunkel, und ich fröstelte. Plötzlich sprang eine Katze von einer Mülltonne und schrie. Ich erschrak und beschloss, rasch zurückzukehren.

GLÜHEND
HEISSER
BODEN

Es war bereits später Nachmittag, und ich saß im Taxi auf dem Weg vom Ben-Gurion-Flughafen zu meinem Airbnb-Apartment und hörte arabischen Pop, der aus den Lautsprechern kam. Der Fahrer hatte versucht, mich in ein Gespräch zu verwickeln, aber dann bekam er einen Anruf und verlor das Interesse. Nun telefonierte er mit einer Frau, die so laut sprach, dass auch ich sie hörte, und brach immer wieder in lautes Lachen aus.

Die Wohnung lag in der Innenstadt, in einem Bauhaus-Gebäude, das schon lange nicht mehr renoviert worden war, aber nur zwei Straßen vom Strand entfernt lag. Ich schleppte meine Tasche in den obersten Stock, öffnete die Tür mithilfe eines Codes und ging hinein. Die Wohnung war kleiner, als die Bilder es suggeriert hatten, aber sauber und hell. Alle Möbel stammten von Ikea, ich kannte die meisten beim Vornamen. Ich öffnete die Fenster, roch aber keine Meeresluft und bekam erste Zweifel. Ich wusste selbst nicht, was ich mir von dieser Reise erhoffte. Die Wahrheit war ein großes Konzept und vor allem eine zu abwegige Vokabel für das, was ich von Maya hören wollte. Die Fakten waren mir seit Kurzem ohnehin mehr oder weniger bekannt. Vielleicht waren die Gespräche mit Maya auch nur ein Vorwand, um für ein paar Tage meinem Leben zu entkommen.

Sergejs Handy war immer noch aus, und ich hinterließ ihm mehrere Nachrichten. Erst um Mitternacht rief er zurück. Ich war aus dem Schlaf hochgeschreckt und brauchte ein paar Augenblicke, bevor ich realisierte, wo ich mich befand.

»Tut mir leid, dass ich so spät anrufe«, seine Stimme klang müde und abgeschlagen, fast, als gehörte sie einem anderen Mann.

»Ist bei dir alles in Ordnung?«

Er zögerte einen Moment und machte dann ein Geräusch, das Zustimmung signalisieren sollte. Ich wusste nicht recht, wie ich sein Zögern interpretieren sollte.

»Wie laufen die Proben?«

»Lass uns nicht darüber reden.« In den ersten Wochen nach unserem Kennenlernen hatte er mich vor dem Einschlafen immer in die Arme genommen. Es war das Gefühl der tiefsten Geborgenheit, das mich bei ihm hielt. Ein Vertrauen, das ich bis dahin niemals empfunden hatte. Eng umschlungen blieben wir oft bis zum Morgengrauen liegen.

»Willst du es mir nicht erzählen?«

»Ich bin müde, ich rufe dich morgen früh wieder an, ja?«

»Natürlich. Ruh dich aus.«

Müdigkeit war etwas, das ihm sonst selten passierte. Ich konnte ihn nicht dazu zwingen, mit mir zu reden. Dabei wusste ich, wie viel Druck auf ihm lastete: Es ging nicht nur um seine Karriere, es ging immer auch um meinen und Rosas Lebensunterhalt, um die Erwartungen von seiner Agentin, den Veranstaltern und dem Publikum. Er musste sich jeden Abend aufs Neue beweisen. Seine größte Angst war es immer gewesen, dass seinen Händen etwas zustoßen könnte, ein Unfall, eine unvorsichtige Bewegung, eine Entzündung. Doch was nun passierte, war größer.

.

Am nächsten Morgen hatte mein Telefon nicht geklingelt, und seins war wieder ausgeschaltet. Also rief ich Maya an. Es war das erste Mal in meinem Leben, dass ich freiwillig mit ihr telefonierte und das Gespräch nicht durch meine Mutter vermittelt stattfand. Auf einmal wusste ich nicht mehr, was ich sagen und ob ich sie siezen oder duzen sollte. Im Russischen wurde immer großzügig gesiezt, selbst Sergej hätte es niemals gewagt, meine Mutter zu duzen, aber während sich inzwischen in Russland alle duzten, genauso wie in Israel und in Deutschland, blieben wir mit unseren antiquierten Manieren in einem seltsamen kulturellen Zwischenraum stecken. Ich fragte Maya, ob ich sie besuchen dürfte, und sie sagte sofort zu. Ich wollte wissen, warum sie Rosa aus ihrer Erinnerung verbannen wollte.

Ich verließ das Haus und ging zum Laden, der sich in der Nähe meines Apartments an einer viel befahrenen Straße befand. Die aufgestaute Hitze auf der Straße fühlte sich an wie eine Feuerwand. Die Sonne knallte mir ins Gesicht. Der Supermarkt hingegen war auf mindestens 13 Grad heruntergekühlt, die Kälte umfing mich wie eine unverdiente Belohnung. Ich packte ein paar Bananen, Pfirsiche und Sonnencreme in den Einkaufskorb. An der Kasse stritten sich zwei Rentner über die Ukraine. Ein älterer Herr in einem rosa Kurzarmhemd beschwerte sich über den ukrainischen Präsidenten und darüber, dass dieser einfach nicht nachgeben konnte. Seine Streitpartnerin sagte, dass Putin kalte Augen habe und man es ihm endlich zeigen müsse. Der Herr lief rot an, wobei seine Gesichtsfarbe fast denselben Ton annahm wie sein Hemd, und schrie: »Rita, wenn dein Held Selenskyj verliert, sind die Juden wieder schuld, ist dir das klar? Dann sagen wieder alle, der Jude hat uns da reingezogen, der Jude hat den Krieg verloren.«

Das sowjetische Imperium lebte selbst in einem israelischen Supermarkt weiter. Der Mitarbeiter des Wachschutzes, der an der Tür die Taschen kontrollierte, schaute sich immer wieder nach den beiden um. Ihre Stimmen wurden lauter und überschlugen sich bald. Als sie an der Reihe waren, bezahlten sie und setzten ihren Streit vor der Tür fort.

Die Verkäuferin summte vor sich hin und tat, als ob sie das alles nichts anging. Was vielleicht auch stimmte. Ihre Finger mit langen neonfarbenen Gelnägeln tippten blitzschnell die Warennummern ein.

Ich brachte die Einkaufstasche hoch in die Wohnung, in der es fliegende Kakerlaken gab, verstaute alles in der Küche und ging zum Strand.

Maya wohnte nur zwanzig Minuten von Jerusalem entfernt in einer Siedlung, die selbst in der israelischen Linken nicht mehr als »Siedlung« galt. Es war vielmehr ein gemütlicher Vorort mit weißen Häusern und roten Dächern. Im Flur hingen die Fotografien ihrer Enkel und Urenkel, mit leuchtenden Gesichtern und in frisch gebügelter Kleidung. Vom Flur aus gelangte man in drei geräumige Zimmer, in denen Mayas gesamtes Leben versammelt war: Bücher, Souvenirs, Fotografien und Möbelstücke, die seit Jahren unverändert an ihrem Platz standen.

Vlad hatte Maya offenbar gerade ihre Einkäufe gebracht, die Tüten stapelten sich auf der Anrichte, und er sortierte die Lebensmittel in den Kühlschrank. Ich hatte noch immer den Geschmack der meisten israelischen Lebensmittel, die ich aus meiner Kindheit kannte, auf der Zunge. Rosa hatte damals immer Schokolade, gefrorene grüne Bohnen, gefrorene Hühnerschnitzel und Suppen-Croutons vorrätig. Sie und ich verbrachten viel Zeit in ihrer Küche, wir aßen, malten, backten, und sie las mir ein Buch nach dem anderen vor.

Maya schien die Rückreise gut überstanden zu haben, ihr Gesicht hatte etwas Farbe, und sie war munter. Sie bedeutete mir, mich aufs Sofa zu setzen. Von dort aus konnte ich die Baumkronen vor dem Fenster sehen. Vlad hatte inzwischen alles weggeräumt und tippte auf seinem Handy herum, wobei er mich nicht aus den Augen ließ.

»Wir haben nicht damit gerechnet, dich so bald wiederzusehen«, sagte er.

»Und doch bin ich da«, sagte ich. Vlad und Maya wechselten einen Blick.

Erst vor ein paar Tagen hatten wir uns für die nächsten fünf Jahre voneinander verabschiedet, wenn nicht sogar für immer, und nun war ich da. Ich hatte ihnen auf Gran Canaria nicht gesagt, dass ich ihnen nur einen Tag später nach Israel folgen würde, weil ich selbst nicht daran geglaubt hatte, bis ich in Madrid in den Flieger nach Tel Aviv stieg.

»Geht es deiner Mutter gut?«, fragte Maya.

»Danke, ja«, sagte ich.

»Und Sergej?«, fragte Vlad.

Ich schwieg. Das Narrativ meiner angeblichen Scheidung hatte sich ohnehin schon durchgesetzt, und ich fing langsam an, selbst daran zu glauben.

Beide schienen mit meiner Anwesenheit überfordert. Mayas Wohnzimmer war auf eine erträgliche Temperatur heruntergekühlt worden. Es roch nach Weichspüler, und ich hörte das Ticken einer Uhr, die Maya noch aus Baku mitgebracht hatte. Meine Mutter hatte die gleiche – ein dunkelbraunes Rechteck aus Holz mit einem gelben Ziffernblatt und ein paar Ornamenten, die inzwischen mehrmals wieder hatten auf das Gehäuse geklebt werden müssen. Meine Mutter schmiss fast nichts weg.

Nachdem zwei dampfende Tassen vor Maya und mir auf dem kleinen Tisch standen, verabschiedete Vlad sich. Er hatte einen wichtigen Arbeitstermin vorgeschoben, doch entfernte er sich nur zögerlich und schaute mich voller Zweifel an, als hätte er Sorge, ich könnte Maya ermorden. Ich lächelte ihm aufmunternd zu. Er nickte, obwohl er mir wahrscheinlich lieber mit dem Finger gedroht hätte, legte schließlich seine große Hand mit wunden Nagelbetten auf den Türknauf und ging hinaus.

Maya schloss ihre Augen, und ich war mir zunächst nicht sicher, ob sie eingeschlafen war. Ich legte vorsichtig mein Handy auf den Tisch. Sie öffnete die Augen.

»Was möchtest du hören?«, fragte Maya.

»Alles«, sagte ich.

Maya sah mich müde an, und ich wurde rot.

»Vielleicht fangen wir mit etwas Kleinerem an?«, fragte sie.

»Wie war es, in Baku anzukommen?« Dies war eine harmlose Frage, denn sie markierte das Überleben und zählte zu den Geschichten, die Maya gerne erzählte.

»Wir waren verwahrlost. Ich glaube, wir haben meinen Onkel mit unserem Aussehen einen Schrecken eingejagt. Aber sie haben uns sehr gut aufgenommen.« Maya hatte nun zu ihrem Erzählfluss gefunden und arbeitete dieselben mehr oder weniger harmlosen Anekdoten ab, die ich seit meiner Kindheit kannte. Wieder kam Rosa darin nur als Statistin vor. Doch das war nicht das, was ich hören wollte. Ich fragte sie nach ihrem Vater. Von meiner Mutter wusste ich, dass er als Deserteur erschossen worden war.

»Meine Mutter hat mir von Boris erzählt.«

»Von welchem Boris, Schätzchen?«

»Von eurem Vater« – ich weiß nicht, weshalb ich »eurem« und nicht »deinem« sagte.

»Es ist toll, dass du dich dafür interessierst.«

»Ich kenne die Wahrheit«, sagte ich langsam.

»Welche Wahrheit?« Maya schien verwirrt.

»Seines Todes.«

»Die kennt niemand.«

»Er starb im Gefängnis.«

»Du warst nicht dabei«, sagte sie und fügte schnell hinzu: »Niemand war dabei.«

»Es muss Dokumente geben.«

»In Yad Vashem«, sagte Maya.

»Du weißt es?«, fragte ich.

»Niemand weiß irgendetwas.«

»Hast du die Dokumente gesehen? Was steht drin?«

»Dokumente.« Maya lachte auf. »Du verlässt dich auf sowjetische Dokumente?«

»Aber sie sind doch in Yad Vashem?«

»Na und?«

»Wieso hast du nie davon erzählt«, sagte ich, etwas kleinlauter als zuvor.

»Du verstehst nicht, wie es damals war«, sagte sie leise.

Danach sagte sie nichts mehr, nahm nur einen Schluck Tee aus ihrer weißen Tasse mit dem goldenen Rand. All die unterschiedlichen Versionen, die ich in meiner Kindheit gehört hatte, waren nur der Selbstschutz der beiden Schwestern vor dem sowjetischen Regime und der vermeintlichen Schande wegen der Feigheit ihres Vaters gewesen, für die sie sich selbst nach dem Zusammenbruch der Sowjetunion noch geschämt hatten. Eine aus heutiger Sicht falsche Scham, die ihr Leben bestimmt hatte.

Ich verabschiedete mich von Maya so schnell, als würde ich vor etwas fliehen.

Ich hatte mir für den Tag ein Auto gemietet und stellte den Mercedes nun in einem Parkhaus in der Innenstadt von Jerusalem ab. Ich dachte, ich würde die Zeit allein genießen, und ein teures Auto zu mieten, war ein Teil des vermeintlichen Spaßes, aber statt mich zu amüsieren, war ich einsam. Vielleicht war ich das schon eine ganze Weile lang gewesen, bloß gab es hier keine Ablenkung von meinen Gefühlen, keine Rosa, keine Spülmaschine, die ausgeräumt, keine Wäsche, die aufgehängt werden musste. Es gab nur mich und meine Leere.

Die Altstadt war voller Menschen, die Touristen klammerten sich an ihre Wasserflaschen und Smartphones mit geöffneten Google Maps. Die Händler versuchten, sie in ihre Geschäfte zu locken. Viele eilten zum Gebet. Unter großen Helmen waren junge, zum Teil noch pausbäckige Gesichter zu sehen, in ihren Händen Maschinenpistolen im Anschlag. Die Stimmung war aggressiv, die Menschen ähnelten Raubtieren. Der Himmel wiederum war vollkommen blau, die Luft stand still. Meine Kleidung schwitzte mit mir, und auch ich hielt eine Plastikflasche fest in meiner Hand.

Vor dem Eingang zum Kotel zog ich einen Schal um meine bloßen Schultern und arbeitete mich vor bis zum deutlich kleineren Teil der Klagemauer, an dem die Frauen beteten. Ich lieh mir ein Gebetbuch aus, obwohl ich Hebräisch kaum lesen konnte. Normalerweise schickte ich meine Gebete online nach Jerusalem. Es gab eine Homepage, in der man die eigene Fürbitte in eine Maske eingeben konnte, und nur wenige Sekunden später erschien auf dem Bildschirm der Satz »Your prayer is now in Jerusalem. May the Almighty answer your request for the good«. Aber nun blieb ich in einem weißen Plastikstuhl sitzen, ohne zu beten, und betrachtete andere, die es taten. Zwischendurch drängten immer wieder Touristinnen nach vorne, um ihre Wunschzettel an Gott in den Rillen der Klagemauer zu platzieren. Jedes Mal wenn eine es geschafft hatte, flog ein ganzer Stapel anderer Zettel heraus. Ich hatte gehört, dass die herausgefallenen Zettel auf dem Tempelberg beerdigt würden, doch die zusammengeknüllten Papierhaufen neben den heiligen Steinen suggerierten etwas anderes. Hinter mir flüsterten zwei orthodoxe Frauen auf Russisch. Es sollte so aussehen, als ob sie beten, aber eigentlich diskutierten sie die Untreue des Ehemannes der einen Frau und benutzten dabei die hässlichsten Ausdrücke, die die russische Sprache zu bieten hatte.

Ich blieb so lange sitzen, bis ich die Sonne nicht mehr aushielt. Die Altstadt war genauso voll wie zuvor, der Himmel genauso blau. Ich ging denselben Weg zurück, verirrte mich aber und lief im Kreis, bis ich wieder an meinem Ausgangspunkt stand. In einer Bäckerei kaufte ich ofenwarme Burekas und verschlang sie gierig. Meine Laune besserte sich proportional zu den Kohlenhydraten, die ich aufnahm, und dann fasste ich endlich einen Entschluss: Ich würde morgen früh Octavia anrufen und ihr sagen, dass ich in die Galerie zurückkommen möchte. Ich würde mich fangen, herausfinden, was Sergej in Österreich machte, und ihn dann entlasten oder mich scheiden lassen.

Als ich mein Auto endlich gefunden hatte, rief Mutter an und erzählte, dass Rosa einen Nervenzusammenbruch hatte, weil ihre pinkfarbenen Lieblingssocken mit Meerjungfrauen nirgendwo zu finden waren. Sie wollte, dass ich ihr sagte, wo sie sein könnten. Ich wusste es, aber die Socken waren Rosa mittlerweile egal. Meine Mutter fragte mich mit unterdrückter Wut in der Stimme, wann ich zurückkommen würde. In einer Woche, sagte ich. Sie seufzte und fragte, wann Sergej wiederkäme. In ein paar Tagen, log ich. Sie fragte nach Maya und Elena, ich antwortete widerwillig. Dann fragte sie nach Nadja und ob sie noch immer für uns arbeitete. Ich sagte ja und versprach, mich darum zu kümmern, dass die Wohnung geputzt würde. Als meine Mutter auflegte, rief ich Nadja an und hinterließ ihr auf der Mailbox eine Nachricht, in der ich sie fragte, wie es ihr gehe und ob sie wieder in Berlin sei. Dabei versuchte ich, nicht wie ihre Arbeitgeberin zu klingen.

Am nächsten Tag kaufte ich in einer kleinen Boutique in Tel Aviv, die noch teurer war als die Läden in Prenzlauer Berg, ein paar Haarspangen für Rosa und einen blauen Schal für meine Mutter. Die Verkäuferin lächelte vage und schien durch mich hindurchzusehen. Danach lief ich durch eine Straße, die nach Müll roch, und dachte an Rosa und unsere Wohnung in Berlin und den nahe gelegenen Park, wo ich oft mit ihr hinging. Wir hatten dort eine geheime Bank, wo wir Tauben fütterten, was viele nicht gerne sahen. Ich kaufte im Supermarkt Körner für die Vögel und ein Brötchen für Rosa, und sie biss abwechselnd in ihr Brötchen und warf die Körner auf den Boden. Es wurden immer mehr Tauben, und Rosa quietschte vor Vergnügen. Das waren die Augenblicke, in denen alles einfach war. Wir analysierten die einzelnen Tiere, ihr Gefieder, ihren Gang, ihr Gurren, dachten uns Geschichten über ihr Leben aus und lachten.

Ich wollte nicht zurück in mein Apartment, hatte aber auch kein wirkliches Ziel, und so lief ich immer weiter durch die Straßen, genau wie die anderen verschwitzten Touristen. An einer Kreuzung stand ein kleiner Mann, der ein schmutziges Pappschild in den Händen hielt und schrie, die Apokalypse werde bald kommen. Sein Mund war vollkommen zahnlos.

Ich hatte Vlad zum Mittagessen eingeladen, in ein kleines, viel gelobtes Restaurant in der Nähe seines Büros, damit er nicht so leicht absagen konnte. Er leitete ein Start-up, bei dem niemand so recht zu wissen schien, was es eigentlich machte. Eigentlich hatte er Maschinenbau studiert und mehrere Jahre in einem auf Schrauben spezialisierten Unternehmen gearbeitet, bevor er hinschmiss und plötzlich in den Tech-Sektor wechselte.

Vlad war zu spät dran. Ich nestelte an meiner Serviette und

ließ den Blick durch den Raum schweifen. Es war sehr hell, durch die große Fensterfront kam die Sonne, aber auch neugierige Blicke von Passanten herein. Die Bar war weiß gekachelt. Ich bestellte ein Wasser, und dann überlegte ich es mir anders, rief den Kellner zurück und fragte nach einem leichten Weißwein. Der Kellner nickte.

Als er das Glas vor mich hinstellte, war Vlad da.

»Ist es dafür nicht ein wenig zu früh?«, kommentierte er meine Getränkewahl und bestellte sich einen Gin Tonic.

»Schön, dich zu sehen«, sagte ich.

»Danke für die Einladung. Normalerweise esse ich in der Kantine, es ist gut, mal herauszukommen.« Er schaute sich um, als wäre er sich nicht sicher, wo er gelandet war.

»Warst du schon einmal hier?«

Er schüttelte den Kopf und wartete, als ob er eine Erklärung für unser Treffen erwartete, aber ich hatte keine.

»Wolltest du etwas Bestimmtes oder nur bonden?«

»Wäre das so schlimm?« Ich schaute ihm in die Augen und fügte hinzu: »Bist du immer so direkt?«

Er nickte und nahm einen Schluck von seinem Drink. »Wollen wir essen?«

»Sonst hätte ich dich nicht eingeladen.«

Vlad lachte. Mein Handy vibrierte, es war Nadja, aber ich beschloss, sie später zurückzurufen.

Die Speisekarte war auf Italienisch, ich bestellte eine Pasta, und Vlad tat es mir nach. Er sagte, er hätte seine Lesebrille vergessen und mit Nudeln liege man nie falsch. Wir sprachen über unsere Kinder, ihre Hobbys und Marotten. Vlad strich das Tischtuch glatt und sagte: »Ich hätte mir nie vorstellen können, dass ich Schule einmal noch mehr hassen könnte als damals, als ich selbst dorthin musste.« Dann beschwerte er sich über die Hausaufgaben und das israelische Schulsystem.

»Wir haben uns als Erwachsene nie wirklich kennengelernt, Vlad«, sagte ich etwas bemüht.

»Ich dachte nie, dass ihr das wollt.« Vlad machte eine unbestimmte Bewegung mit den Schultern.

»Wir?«

»Ihr seid so …«

»Was?«

»Unnahbar.«

Ich musste laut lachen.

Vlad lachte ebenfalls: »Verstehe mich nicht falsch, aber ich habe keine Ahnung, worüber ich mit dir oder deinem Mann reden sollte. Du bist so verschlossen, als hättest du einen Stock im Arsch. Aber ich meine es nicht böse.«

»Du kennst Sergej doch gar nicht.«

»Ich habe ihn gegoogelt.«

»Und das reicht dir?«

»Dir nicht? Ihr habt uns nicht mal zu eurer Hochzeit eingeladen.«

»Wir haben keine gefeiert.«

»Und zu meiner bist du nicht gekommen.«

»Bist du deswegen auf mich sauer?« Ich wurde ein bisschen laut, ohne dass ich das beabsichtigt hatte, und die anderen Gäste schauten sich neugierig nach uns um. Unser Essen kam, Vlad legte seine Serviette auf seinen Schoß, nahm das Besteck in die Hände und fing systematisch an, seine Pasta zu vernichten.

»Glaubst du, das denken alle von mir?«, fragte ich.

»Was?«

»Das mit dem Stock.«

Vlad richtete nun seine ganze Aufmerksamkeit auf mich und sagte: »Ich kann nicht für alle sprechen. Aber eines ist sicher, ihr seid Snobs.«

»Du fährst selbst im Urlaub einen Tesla!«

»Eben. Ich habe mehr Geld als ihr, und trotzdem behandelt ihr mich wie ein Stück Scheiße.«

»Dafür müssten wir dich schon ein wenig besser kennen.«

»Ich habe mich eben an den Tesla gewöhnt. Du würdest auch nicht von einem iPhone auf was anderes umsteigen.«

»Ist das eine Metapher?«, fragte ich.

»Nein.«

Es entstand eine Gesprächspause, in der Vlad sein Handy checkte, nickte und dann sagte: »Ich muss leider los, war gut, dich zu sehen.« Er nahm seinen Geldbeutel heraus und legte ein Paar Scheine auf den Tisch. Als er sah, dass ich nach meiner Tasche griff, sagte er: »Lass, bitte. Es war doch nur ein Essen.«

»Aber es war meine Einladung«, erwiderte ich. »Lass mich zahlen.«

»Auf keinen Fall«, sagte er und verließ das Restaurant.

In einem Sommer in den frühen neunziger Jahren hatten wir ganze drei Monate in Israel verbracht, da meine Mutter Aliyah machen wollte. Inzwischen glaube ich, sie hatte kurz davor eine Affäre meines Vaters aufgedeckt und plante, nach dem Sommer in Israel zu bleiben. Ich weiß nicht, weshalb sie ihre Meinung geändert hatte. Wir wohnten abwechselnd bei Sonja und Elena, ich war bereits acht und Vlad elf, weswegen die Erwachsenen davon ausgingen, dass wir keine Freizeitbeschäftigung mehr bräuchten, und uns tagsüber weitgehend uns selber überließen. Vlad teilte seine Zeit großzügig mit mir, er nahm mich überallhin mit, zum Basketballplatz in der Nähe der Wohnung seiner Eltern, wo er mir beibrachte, wie man Körbe wirft, in das Freibad, wo es schon um elf Uhr morgens unerträglich heiß wurde, oder zu langen Spaziergängen durch die Siedlung. Womöglich war auch er einsam.

An einem Nachmittag mitten in den Sommerferien waren

wir allein bei ihm zu Hause. Seine Eltern hatten ein chinesisches Porzellanservice, das ihnen ein befreundeter Kapitän zur Hochzeit geschenkt hatte. Es hatte seit der Hochzeit stets in der Vitrine gestanden, selbst den Umzug nach Israel hatte es unbeschadet überlebt. Ich glaube nicht, dass es jemals jemand benutzt hatte, es sollte nur als Objekt bewundert werden – sechs fast durchscheinende Tassen, ein Teekännchen und eine winzige Zuckerdose. Vlad und ich langweilten uns, also probierten wir die Kleider und Blusen seiner Mutter an, gingen durch den Schrank seines Vaters, und irgendwann standen wir vor der Vitrine im Wohnzimmer. Ich nahm eine Tasse aus dem Schrank und schaute sie mir an. Sie war makellos, mit feinen Zeichnungen von kleinen Karpfen. Im Prinzip sah sie den Tassen in asiatischen Imbissen auffallend ähnlich, nur kannte ich damals die Imbisse nicht, und die Tasse war etwas filigraner. Als ich sie wieder in die Vitrine hineinstellen wollte, fiel die Kanne herunter und zerbrach. Vlad schrie auf und war kurz wie versteinert, dann lief er in die Küche und holte ein Kehrblech und einen Handfeger. Er sammelte die größeren Scherben mit der Hand ein, fegte die kleineren auf, aber er konnte sie nicht einfach in den Mülleimer werfen, also steckte er alles in eine Tüte und versteckte sie. Ich stand tatenlos daneben.

Es dauerte ein paar Tage, bis seine Eltern das Fehlen der Teekanne bemerkten. Als es geschah, spielten wir gerade auf dem Sofa und schauten dabei fern. Vlads Vater kam wutentbrannt auf uns zu, nahm Vlads Kinn in die Hand und schrie ihn an. Er warf ihm alle möglichen Beleidigungen an den Kopf, und schließlich ohrfeigte er ihn. Auf Vlads Wange blieb ein roter Striemen zurück. Ich saß still daneben. Ich verteidigte Vlad nicht, ich sagte nichts, ich saß nur still daneben, obwohl es meine Schuld war.

Ich horchte in die Stille hinein, lauschte dem Rauschen der Klimaanlage, versuchte herauszuhören, ob der Wasserhahn in der Küche tropfte, ob irgendetwas knarzte oder jemand im Treppenhaus vorbeiging. Ich war es nicht mehr gewohnt, allein in fremden Wohnungen zu übernachten, und hatte ein seltsames Gefühl. Auch das deutsche Bauhaus war mir unheimlich. Zumindest mitten in Tel Aviv. Doch dann schlief ich ein und wachte erst auf, als das Zimmer bereits sonnendurchflutet war und die Kehrmaschine die Straße vor dem Haus hoch- und wieder hinunterfuhr.

Ich frühstückte in einem kleinen Café, aß ein Müsli und trank mehrere Tassen Kaffee, der schwach war und zu meinem Gemütszustand passte. Währenddessen suchte ich im Internet nach einem neuen Mietauto für den Tag, und als ich bezahlte, fasste mich die Kellnerin am Arm und wünschte mir einen schönen Tag. Sie trug denselben Lidstrich wie Amy Winehouse, und ihr Griff war fester, als er hätte sein sollen. Sie kam mir so nah, dass ich ihren Atem riechen konnte, dann flüsterte sie mir ins Ohr: »Ein Unglück wird bald geschehen. Das hier wird es nicht mehr geben. Dich und mich wird es nicht mehr geben.« Ihre Augen waren traurig, die Wangen eingefallen und die Stirn voller kleiner Pickel. Ich befreite mich sachte aus ihrem Griff und verließ das Café eine Spur zu schnell.

Die Autovermietung war ganz in der Nähe, ich lief den Rothschild-Boulevard hinunter, versuchte Sergej anzurufen, der wieder nicht ans Telefon ging, und hob selbst nicht ab, als meine Mutter versuchte, mich zu erreichen. Auf dem Asphalt spazierten Tauben umher. Die Bänke waren von Rentnern besetzt. Eine Gruppe von Touristen schob sich gemächlich durch die Straße. Es war friedlich, und ich weiß selbst nicht, weshalb mich dieser Umstand so überraschte. Vielleicht lag es an der Prophezeiung der Kellnerin.

Die Autovermietung hatte keinen Tesla gehabt, und so hatte ich mich wieder für einen Mercedes entschieden. Ich zwang mich, mich auf die Straße zu konzentrieren, oder auf die Landschaft, es war aber Stau. Ich hoffte, Sergej würde anrufen. Meine Wut hatte sich schon längst in Angst verwandelt.

Die Yad-Vashem-Holocaust-Gedenkstätte befand sich auf einem Berg neben dem Jerusalem-Wald beziehungsweise dem, was in Israel als Wald galt, und der Ausblick war entsprechend eindrucksvoll. Das Areal war weitläufig und bestand aus einem Museum, einer Bibliothek und einem Archiv, in dem ich nach Dokumenten suchen wollte. Wenn es noch etwas zu finden gab, dann hier.

Obwohl es feuchtheiß war, fühlte sich die Hochsommerhitze hier oben freundlicher an. Ich parkte und stieg aus dem Auto. Die Kiefern rochen angenehm, die Luft war klar, ich holte meine Zigaretten raus und zündete mir eine an. Dann rief ich per FaceTime meine Mutter zurück. Zu Hause in Berlin war alles in Ordnung, Sergej hatte sich nicht gemeldet, und meine Mutter fragte sich, ob zwischen uns alles in Ordnung sei. Ich sagte, ich wisse es nicht, und sie beschwerte sich darüber, dass ich Rosa alles durchgehen ließe. Sie hätte keine Disziplin, würde nicht gehorchen, und auch ihre Manieren ließen zu wünschen übrig. Dann fiel ihr ein, dass Nadja immer noch nicht da gewesen war. Meine Mutter hätte schon aufgeräumt und gesaugt, aber Rosa mache so viel Unordnung, dass sie wirklich Hilfe gebrauchen könnte.

»Du bist nicht zum Putzen da«, sagte ich.
»Allerdings«, stimmte mir meine Mutter zu.
»Ich werde mich darum kümmern«, sagte ich.

»Komm lieber zurück«, sagte meine Mutter. Alles andere sei Quatsch, und was ich überhaupt in Israel wollte. Und das auch noch allein. Dann berichtete sie mir ausführlich von ihrem Morgen mit Rosa, die mich angeblich nicht mehr vermisste. Sie hätten gebadet und seien nun auf dem Weg zur Bibliothek. Rosa riss das Telefon an sich und drückte irgendwelche Tasten, so dass wir uns nicht mehr sehen konnten. Meine Mutter versuchte, ihr das Telefon zu entreißen, aber sie scheiterte. Rosa fragte immer wieder, wann ich nach Hause kommen würde, doch meine Antwort »In ein paar Tagen« machte alles nur noch schlimmer. Sie weinte inzwischen hemmungslos. Rosa war es gewohnt, dass einer von uns beiden, Sergej oder ich, verreist war, aber nun waren wir beide nicht da. Ich sagte meiner Mutter, sie solle ihr den Fernseher anmachen, und sie legte auf.

Danach nahm ich meine Tasche und lief vom Parkplatz zum Museumsareal hinüber. Sobald ich das hochklimatisierte Gebäude betrat, spürte ich Erleichterung, endlich der Hitze entkommen zu sein. Während ich anstand, um eine Eintrittskarte zu kaufen, diskutierten hinter mir zwei Frauen über ein Kuchenrezept. Bis auf die Menschen war alles um mich herum klinisch sauber, und ich dachte daran, dass die Deutschen Sauberkeit auch geliebt haben. Der Boden glänzte. Das Café bot koscheres Essen an. Es gab einen Buchladen, der Seife verkaufte. Der Komfort der Museumsanlage stellte einen nicht aufzulösenden Gegensatz zum ausgestellten Schrecken dar. Als ich das letzte Mal hier gewesen war, war ich zwanzig Jahre alt. Damals ging hinter mir ein älterer Mann, der mit seinen Enkeln auf Englisch besprach, wo sie am Abend essen würden. Als ich mich nach ihnen umdrehte, sah ich eine eintätowierte Zahlenfolge auf seinem Unterarm. Genau wie heute war ich auch damals allein unterwegs gewesen. Selbst meine Gedanken waren dieselben geblieben.

Kurz bevor ich mit meinem Rundgang beginnen wollte, kam eine Schülergruppe herein. Sie riefen durcheinander, schubsten sich gegenseitig – das personifizierte Chaos. Das Leben. Ich versuchte, etwas Abstand zwischen sie und mich zu bringen. Ich ging von einem Raum zum nächsten, sah mir das jüdische Leben vor der Shoah an, Dokumente, welche die Maßnahmen gegen Juden bezeugten, Fotografien von den Zerstörungen nach der Reichspogromnacht. Dann lief ich schneller, weil ich die Bilder aus den Konzentrationslagern, den Ghettos, von den ausgemergelten Körpern, Leichenbergen, Bündeln mit Habseligkeiten der Ermordeten nicht ertrug. Dann blieb ich stehen, als ob ich das Weitergehen hinauszögern wollte, um mich herum Gruppen von Besuchern, die stumm ihren Reiseführern zuhörten. Die Besucher trugen Shorts, bunte T-Shirts, hautenge Kleider und Sonnenhüte, sie sahen aus wie Touristen. Sie waren Touristen. Ich ging an Vitrinen vorbei, an Infotafeln, an einzelnen Exponaten, an Bahngleisen, an Betten aus den KZ-Baracken, Häftlingskleidung und einem Schild, auf dem »Treblinka« stand. Der Horror, arrangiert für die Nachkommen.

Die Ausstellung hatte auch diesmal ihre beabsichtigte Wirkung auf mich nicht verfehlt, aber ich wusste von meinen letzten Besuchen, dass dieses Gefühl schon bald verblassen würde. Ich setzte mich mit einem Espresso ins Café und starrte vor mich hin. Am Tisch neben mir war eine fröhliche amerikanische Familie. Die beiden Töchter schauten sich Tik-Tok-Videos an. Ihre Mutter stellte zwei Teller mit Sandwiches vor ihnen ab. Ich starrte auf mein Handy, niemand hatte versucht, mich zu erreichen. Als ich irgendwann aufstand, merkte ich, dass mir schlecht war. Ich schaffte es gerade noch rechtzeitig auf die Toilette, um mich dort in die Kloschüssel zu übergeben.

Danach machte ich mich auf den Weg ins Archiv. Ich wollte endlich etwas finden, das eindeutig war, ein Stück Papier, das außerhalb wirklich existierte und nicht nur eine Geschichte von Maya oder meiner Mutter war. In der Datenbank gab es nur eine Handvoll Materialien über Gomel und die Evakuierungen, ein paar wenige Bücher über den Genozid an den sowjetischen Juden, über den Ablauf der Evakuierungen, Erinnerungen von Überlebenden und Video-Interviews mit Menschen, die vor der Shoah auf dem Gebiet des ehemaligen Siedlungsrayons gelebt hatten. Dazu Verordnungen der zuständigen Unterabteilungen der Kommunistischen Partei, die angaben, wer geflohen war. Ich schaute mir stundenlang die Porträtaufnahmen der Juden und Jüdinnen an, die vor der Shoah in Belarus gewohnt hatten. Die meisten Fotografien waren keine spontanen Aufnahmen, sondern sorgsam arrangierte Aufstellungen von Familienmitgliedern: ernste Gesichter, Greise mit Kindern auf den Armen, hübsch zurechtgemachte Teenager voller Lebenshunger, Frischvermählte, Frauen mit Kopftüchern, Eltern, die ihre Kinder durch die Pogrome und Hungersnöte gebracht hatten. Es war eine Welt, die mir vertraut schien und die doch nicht mehr existierte. Die ausgerottet wurde.

Nach einer Weile wandte ich mich an eine der Archivarinnen, die hinter der Theke saßen. Ich erklärte einer Mitarbeiterin mit wasserblauen Augen und einer farblich dazu passenden Kette, dass ich nach Materialien über Gomel und die Evakuierungen aus Belarus suchte. Sie nickte kurz und erhob sich.

Eine halbe Stunde später brachte sie mir die Liste von Menschen, die aus Gomel evakuiert worden waren. In einer ordentlichen Handschrift waren die Namen meiner Großmutter, meiner Großtante und ihrer Eltern vermerkt. Ihre Geburtsdaten, ihre Adresse in Gomel, das vorläufige Ziel ihrer Evakuierung und das Datum der Verhaftung meines Urgroßvaters waren säuberlich in Spalten eingetragen worden, deren feine Linien mit einem Lineal gezogen worden waren. Die Dokumente waren so gewissenhaft angelegt, dass sie keinerlei Zweifel zuließen. Boris starb im Saratower Gefängnis. Es war genau so, wie meine Mutter es mir erzählt hatte. Und es war zugleich das einzige Dokument, das seine Existenz bewies.

Plötzlich hatte ich genug. Ich rannte fast zum Auto zurück, wobei ich einer riesigen italienischen Reisegruppe ausweichen musste, und fuhr, so schnell ich konnte, wieder nach Tel Aviv. Es war eine Fahrt von einer Welt in die andere. Ich kehrte genau in dem Moment zurück, als die Familien sich mit aufblasbaren Luftmatratzen, bunten Taschen, Sonnenschirmen und sonnenmüden Kindern auf den Weg nach Hause begaben; als überstylte Jugendliche anfingen, an der Strandpromenade ihre Runden zu drehen; kurz bevor die ersten Lichter in den Restaurants angingen. Das genaue Gegenbild zu allem, was ich in Jerusalem gesehen hatte. Ich wusste nur nicht, ob es jemanden überzeugte.

In einem Restaurant aß ich schnell einen Salat aus gewürfelten Gurken, Tomaten und gegrilltem Fisch. Um meine Füße schlich eine graue streunende Katze, die auf Futter wartete. Ich gab ihr ein paar Brotkrümel und beschloss, noch ein wenig spazieren zu gehen, um meinem leeren Apartment zu entfliehen.

In einer Galerie war eine Vernissage, das Innere war hell ausgeleuchtet und voller Menschen. Ich ging hinein und betrachtete die ausgestellten Abschlussarbeiten zweier junger Studentinnen. Ein Mitarbeiter versuchte, mir die Werke zu erklären, aber ich winkte ab und betrachtete in Ruhe die ambitionierten Collagen der einen und die Skulpturen aus rohem Fleisch der anderen. Als alle Menschen wieder in den Galerieraum hineingebeten wurden, da eine Performance anfangen sollte, war ich bereits auf dem Weg nach Hause.

Ich saß wieder auf Mayas Couch. Irgendwo auf der Straße ging die Alarmanlage eines Autos los und verstummte rasch wieder. Bald würde Mayas Pflegerin kommen, und bis dahin hatte ich Zeit, mit ihr zu reden. Zugleich ahnte ich, dass auch dieses Gespräch weder etwas ins Rollen bringen noch zu einem Ende bringen würde.

»Macht Sergej sich keine Sorgen, dass du so lange fortbleibst?« Maya hatte einen roten Lippenstift und Rouge aufgetragen. Ihr Kleid rutschte ihr von der Schulter.

»Nein«, sagte ich. Sergej ging nicht einmal mehr ans Telefon, so wenig Sorgen bereitete ihm irgendetwas, das mit mir zu tun hatte. Ich versuchte jedoch, mir nichts anmerken zu lassen.

»Soll ich uns Tee machen?«, fragte ich.

»Warum nicht.« Sie klang resigniert. Seit ich hier war, hatte sie mich nicht mehr als ihre Enkelin bezeichnet wie sonst immer, und es war klar, dass sie mich am liebsten losgeworden wäre. Ich war ihr ein bisschen unheimlich geworden. Sie mochte es nicht, dass ich ihre Geschichten in Frage stellte.

Die Küche war makellos sauber. Reinlichkeit war immer eine von den Eigenschaften gewesen, auf die Maya besonders stolz war. Der Geschirrspüler summte beruhigend, in einer Schale lagen Orangen, Äpfel und Bananen. Ich goss Wasser in den elektrischen Wasserkessel, stellte ihn an und rief zu Maya ins Wohnzimmer: »Ich war gestern in Yad Vashem.«

»Da sollte jeder Mensch hin. Alle müssen wissen, was passiert ist«, rief sie zurück.

Ich biss in einen Apfel, und als das Wasser aufgekocht war, hatte ich ihn aufgegessen und das Kerngehäuse entsorgt.

»Genau darüber wollte ich mit dir reden«, sagte ich, als ich die beiden Tassen, in denen Teebeutel schwammen, auf dem Tisch abstellte.

»Über Yad Vashem? Es ist so lange her, dass ich da gewesen bin. Wahrscheinlich kurz nach der Aliyah. Hat es dir gefallen?«

Maya schaute an mir vorbei aus dem Fenster. Mein Blick folgte ihrem. Es war noch hell, aber bald würde es dämmern. Ein Himmel gänzlich ohne Wolken. Das Licht blau oder rosa oder irgendetwas dazwischen.

»Hast du jemals versucht herauszufinden, was damals mit Boris im Gefängnis passiert ist?«, fragte ich.

»Wozu?«, fragte Maya und fügte hinzu: »Das würde ihn auch nicht wieder lebendig machen.«

Ich kam mir plötzlich kindisch und grausam vor.

»Wusstest du, dass Rosa das Lieblingskind von unserem Vater war?«

»Ist das wichtig?«, fragte ich.

»Manchmal glaube ich, dass es nicht mir passiert ist. Und dann erinnere ich mich wieder an alles.«

»Woran?«

»In der letzten Zeit träume ich von meinen Eltern, als ob ich wieder ein Kind wäre.« Maya hörte auf zu sprechen. Sie wirkte kraftlos: »Vielleicht ist es ein Zeichen dafür, dass ich bald bei ihnen sein werde.«

Ich stand auf, ging in die Küche und holte ein paar Kekse. Ich wollte die Zeit etwas ausdehnen. Als ich zurückkam, schwieg Maya weiterhin. Ich aß einen Keks, obwohl ich keinen Appetit hatte, und Maya schaute mir mit einem etwas angeekelten Gesichtsausdruck zu. Dann starrte sie eine Weile still aus dem Fenster und sagte schließlich, sie müsse sich hinlegen. Die alten Geschichten würden sie aufwühlen.

Ich trank meine Tasse aus, brachte das Geschirr in die Küche, spülte es schnell ab und verabschiedete mich. Maya verschwand im Schlafzimmer. Doch statt zu gehen, schaute ich mich im Zimmer um, betrachtete die Familienfotos, das Regal mit den Büchern, deren Rücken glatt waren und die fast alle aus Baku stammten. Es waren genau die Werke, die in den meisten sowjetisch-jüdischen Haushalten zu finden waren: Achmatowa, Zwetajewa, Tolstoi, Puschkin, die Feuchtwanger-Gesamtausgabe. Ich schaute in ihr Schlafzimmer, sie schlief fest. Ihr Kopf ruhte auf dem Kopfkissen, und der Brustkorb hob und senkte sich regelmäßig. Ich hatte noch eine Stunde, bis ihre Pflegerin kommen würde.

Ich fing mit dem großen Schrank im Wohnzimmer an. In den oberen Regalen stapelte sich Geschirr für besondere Anlässe, während unten Dokumente und Unterlagen lagerten. Es war eine solche Unmenge von Papieren, als hätte Maya noch nie in ihrem Leben etwas weggeworfen. Ich wühlte mich durch Postkarten, Glückwunschkarten, Zeugnisse, Bankauszüge, Briefe, die zwar offenbar nach einem bestimmten Prinzip gelagert wurden, deren Menge aber absurd wirkte. Es gab Röntgenaufnahmen von Knochenbrüchen und Lungen, von denen keine einzige beschriftet war. Ich fand sogar Milchzähne in einer kleinen Box, auf die ich mit körperlichem Ekel reagierte und deren ehemalige Besitzer mittlerweile ihre dritten Zähne haben mussten. Schließlich stieß ich auf Fotoalben, die meisten stammten aus Israel, die ließ ich geschlossen. In der untersten Schublade entdeckte ich einen Schuhkarton mit Schwarz-Weiß-Fotografien. Viele waren in Baku aufgenommen worden und stammten vom Anfang ihrer Ehe oder noch aus den Monaten davor. Es fiel mir schwer, Maya mit der jungen, glücklichen Frau auf den Bildern zusammenzubringen. Ich fand ein Foto von Rosa, das kurz nach dem Ende des Krieges aufgenommen worden sein musste.

Sie stand an einer Straßenecke, lächelte in die Kamera, das Haar in zwei Zöpfen um den Kopf gelegt, und sah glücklich aus. Ich steckte es ein.

Ich fing an, schneller zu suchen, arbeitete mich systematisch durch die Papiere hindurch und achtete dabei auf mögliche Geräusche von der Haustür und aus dem Schlafzimmer. Ich hatte schon fünf weitere Fotos eingesteckt, auf denen meine Großmutter zu sehen war, und eines von meiner Mutter als Kind. Am meisten faszinierte mich ein Bild von Hannah. Es war, sofern man der blauen Handschrift auf der Rückseite Glauben schenken konnte, 1952 kurz vor ihrem Tod aufgenommen worden. Sie sah genauso aus wie ich. Nur etwas fülliger und älter. Ich betrachtete das Foto lange. Die Frau, die – zumindest in unserer Familie – das Unsagbare getan und ihre Kinder verlassen hatte, war mein Ebenbild.

Weder meine Großmutter noch Maya hatten ein Vorbild, was Mutterschaft anging. Später hatten beide sehr präzise Vorstellungen davon entwickelt, wie sie ihre Kinder großziehen wollten, die sie mehr oder weniger unhinterfragt an ihre Töchter weitergegeben hatten. Nur klaffte zwischen der Familienerzählung und der Wirklichkeit eine große Lücke, wenn auch eine, die vor uns Kindern ignoriert wurde. Weil Hannah etwas Unvorstellbares getan hatte, mussten ihre Töchter perfekte Mütter werden und blieben angesichts der Größe der Aufgabe unzulänglich.

Ich wühlte mich gerade durch eine Schachtel voller loser Briefe von Ämtern und unterschiedlichsten Abrechnungen, als Maya plötzlich in der Tür stand.

»Suchst du etwas?«, fragte sie. Sie sah entsetzt aus. Eine dünne, weiße Haarsträhne hatte sich aus ihrem Zopf gelöst und hing ihr nun ins Gesicht. Sie schlang die Arme um sich, als fröre sie.

»Ich habe etwas fallen lassen«, sagte ich schnell.

»In meinem Schrank?«

Ich zuckte mit den Schultern. Maya machte eine Handbewegung, die auf das Sofa deutete. Ich verspürte die irrationale Angst, Maya würde meiner Mutter von diesem Vorfall erzählen.

»Was ist mit dir los?«, fragte Maya.

»Nichts«, sagte ich trotzig.

Maya zeigte den Anflug eines Lächelns. »Setz dich«, sagte sie in einem Ton, der keine Widerrede duldete. Diesmal folgte ich ihrer Anweisung und presste meine Hände unter meine Oberschenkel.

»Wonach suchst du?«, fragte sie.

Auf diese Frage hatte ich keine Antwort, weder darauf, was ich im Leben suchte, noch, was in Israel oder in Mayas Schubladen. Stattdessen zeigte ich ihr das Foto von Hannah.

»Oh, das kannst du nun wirklich behalten«, sagte Maya.

»Sie sieht mir ähnlich, nicht?«, fragte ich.

»Wie aus dem Gesicht geschnitten.«

Ich hatte das Gefühl, mich aufzulösen.

»Aber du wirst nicht so werden wie sie«, sagte Maya.

»Sicher?«, fragte ich.

Maya lächelte.

»Du musst dafür sorgen, dass du nicht so wirst wie sie.«

Die nächste Großdemonstration gegen die Justizreform des Premierministers wurde vorbereitet, und überall in der Stadt spürte man die Wut der Demonstrierenden. Die Menschen waren nervös. Manche hofften auf eine positive Veränderung, andere beschworen den Untergang. Der Name Netanjahus, begleitet von einem Schwall aus Flüchen, fiel ständig – zumindest in der Innenstadt von Tel Aviv. Es fühlte sich so an, als würde bald etwas passieren.

Als Elena mich anrief, war es später Nachmittag, und die Sonne brannte wie immer vom Himmel herab. Ich hatte mir ein paar Ausstellungen angeschaut und saß nun auf der Terrasse eines schattigen Cafés, das durch eine Wassernebel-Maschine auf eine angenehme Temperatur heruntergekühlt wurde, und wollte zuerst nicht rangehen, aber ich hatte vergessen, mein Handy auf lautlos zu stellen, und so vibrierte und klingelte es laut vor sich hin, und die Menschen an den Nachbartischen drehten sich genervt nach mir um.

Elena wartete meine Begrüßung gar nicht erst ab: »Deine Mutter macht sich große Sorgen um dich!«

»Warum?« Ich korrigierte mich schnell: »Ich meine, wer hat dir das erzählt?«

»Deine Mutter. Sie sitzt wohl gerade allein mit deinem Kind in einer leeren Wohnung.«

»Darum geht es nicht, oder?«, sagte ich vorsichtig. Die Musik, die aus dem Inneren des Cafés kam, war sehr laut, und ich musste gegen sie anreden.

»Aber warum bist du hier?«

»Ich bleibe nur ein paar Tage.«

»Die meisten sagen, sie gehen nur schnell Zigaretten holen …«

»Ich rauche nicht.«

Ich hörte, wie sie scharf einatmete: »Na gut, wir sehen uns später, in Ordnung?«

Ich wollte ihr gerade sagen, dass ich keine Zeit hätte, als Elena sagte, Maya hätte ihr erzählt, sie habe mich beim Stehlen erwischt. Also versprach ich, noch am selben Abend bei Elena vorbeizukommen. Danach blieb ich reglos auf meinem Stuhl sitzen und dachte darüber nach, was es bedeuten würde, meine Ehe aufzulösen. Wer wohl die Wohnung behalten würde und wer Rosa. Das waren rein theoretische Überlegungen, so wie ich die meisten Sachen online nur in den Warenkorb legte. Sergej würde auf dem gemeinsamen Sorgerecht bestehen, aber Rosa nur ab und zu an den Wochenenden zu sich nehmen. Rosa würde an den Tagen, an denen sie bei ihm war, den Spaß ihres Lebens haben, und ich würde sie vermissen. Ich überlegte, ob ich denselben Anwalt nehmen sollte wie bei meiner ersten Scheidung oder ob ich doch etwas mehr Geld investieren sollte. Ich würde mit Rosa klarkommen, und vielleicht könnten sie und ich sogar die Wohnung behalten, nur wusste ich nicht, ob ich mit dieser Wohnung ohne Sergej klarkäme, und außerdem gab es einen Ehevertrag. Ich hatte noch immer nichts von ihm gehört. Ich wusste nicht, ob er die Musik oder uns verlassen hatte.

Elena war Mathematikerin, und es war schwer, ihr etwas vorzumachen. Sie lebte in einer der wenigen Wohnungen in Israel, die kein Neubau waren, und sie roch nach Parfum und Staub. Überall lagen Bücher herum, Papiere mit Zeichnungen und aus Zeitschriften herausgerissene Blätter. Pflanzen, von denen keine einzige allzu gesund aussah, standen in riesigen Kübeln in fast jeder Ecke und ließen die Wohnung wie einen verwüsteten Garten aussehen.

Den ganzen Abend lang beäugte sie mich misstrauisch und

zerlegte jede meiner Erklärungen für meinen Aufenthalt in Israel. Als ich in ihrem Wohnzimmer das zweite Schnitzel aß, fragte sie mich, ob ich wegen David hier sei.

Ich lachte und schüttelte den Kopf: »Ich denke schon seit Jahren nicht mehr an ihn.«

»Aha. Bist du dann wegen der Strände hier?«, fragte sie bissig.

»Ich dachte, du bist Zionistin.«

»Und was folgerst du daraus?«, fragte sie irritiert.

»Gönnst du es mir nicht, hier zu sein?«

»Bist du irre? Wer ist freiwillig hier?«

»Ziemlich viele«, murmelte ich.

»Dein Platz ist bei deiner Familie«, sagte meine Tante kategorisch.

Ich nahm Hannahs Foto aus meiner Handtasche und zeigte es Elena.

»Ich sehe aus wie sie«, sagte ich.

»Ja«, stimmte Elena mir zu.

»Ich würde Rosa niemals zurücklassen«, sagte ich.

»Aber Sergej?«

»Nein, ihn auch nicht.«

»Was machst du dann hier?«

»Ich wollte Ordnung in meine Erinnerungen bringen.«

Sie lachte: »In deine Erinnerungen?«

»Es gab immer so viele unterschiedliche Versionen von allem. Irgendwann wollte ich einfach wissen, welche davon stimmt.«

»Und was machst du dann mit dem Wissen?«

»Ich brauche es.« Und ich brauchte dieses Wissen wirklich.

»Maya ist neunzig. Lass sie in Ruhe sterben und kümmere dich lieber um deine Ehe. Du bist kein kleines Kind mehr. Nicht deine tote Großmutter braucht dich, sondern deine Tochter.«

Ich konnte nicht schlafen. Das Essen oder das Gespräch mit Elena lagen mir schwer im Magen. In der Wohnung über mir wurden erst Möbel verrückt, dann schaltete jemand Musik ein. Es klang, als würden dumpfe Bässe mein Apartment zerlegen. Ich ging ins Bad, drehte die Dusche auf und beschloss auszugehen. Die Hitze hatte endlich nachgelassen, es war sogar kühl. Ich rasierte meine Beine, trug Make-up auf, band meine Haare hoch und zog ein Kleid an, von dem ich glaubte, es würde mich attraktiv erscheinen lassen. An diesem Abend wollte ich gesehen werden.

Ich ließ mich durch die Stadt treiben, entlang den Hauptstraßen, die gut beleuchtet waren, bis es mir langweilig wurde und ich in das erstbeste Lokal hineinging. Die Bar war voll, und aus den Boxen drang laute, penetrante Musik. Die Luft war schwer und roch nach menschlichen Ausdünstungen. Ich fand einen Platz an der Theke und versuchte, die Aufmerksamkeit des Kellners auf mich zu ziehen. Weil ich nicht wusste, wohin mit meinen Händen, zog ich mein Handy aus der Tasche und scrollte durch Instagram. Ich bestellte einen Gin Tonic, der hauptsächlich aus Tonic und Eiswürfeln bestand. Und dann noch einen.

Neben mich setzte sich ein Mann. Er roch leicht nach Schweiß. Mittlerweile war ich in einem Alter oder einer Lebenssituation, in der ich Männer fast ausschließlich auf Fernsehbildschirmen attraktiv fand.

Als ich den dritten Gin Tonic fast auf ex trank, fasste er mich am Arm. Er sah schlecht aus, seine Haut war fahl, als ob er an Vitaminmangel litt. Das Shirt, das er trug, war zerknittert, und am Kragen waren zwei große Mottenlöcher zu sehen.

»Trink nicht so schnell«, sagte er auf Hebräisch.

Ich wusste nicht, wie man jemanden auf Hebräisch zum Teufel schickte, also sagte ich auf Englisch: »Danke für den Hinweis.« Er hatte große, raue Hände.

»Wo kommst du her?«

»Aus Berlin.«

»Okay.«

Obwohl ich eigentlich keine Lust auf eine Unterhaltung mit ihm hatte, wollte ich mich nicht als jemand vorstellen, der aus Deutschland kommt. Aber er hörte mir ohnehin nicht zu. Er starrte auf den Tresen, der übersät war mit halbvollen Gläsern, Aschenbechern und Bierflaschen.

»Ich bin keine Deutsche.«

Er ignorierte mich. »Ich bin jüdisch«, sagte ich.

»Ist mir egal.«

»Wirklich?«

»Sage ich doch.« Er hatte sich lächelnd zu mir gedreht, als wollte er mit mir eine Unterhaltung anfangen, aber bald war ich die Einzige, die redete, und das auch nur, weil ich meine eigene Stimme hören wollte. Nach nur wenigen Minuten gingen mir die Ideen aus. Ich wollte zwar nicht allein sein, aber noch weniger wollte ich ausgerechnet diesen Typ an meiner Seite haben. Er stand auf und sagte, er müsse auf die Toilette. Ich nickte stumm und war erleichtert. Ich wollte mit alldem nichts zu tun haben.

Ich war inzwischen ziemlich angetrunken und beschloss, zum Strand zu laufen. Unterwegs kaufte ich noch ein Bier, aber als ich den ersten Schluck trank, fiel mir nicht nur wieder ein, dass ich Bier nicht mochte, sondern auch, warum. Es war Schabbat, und auf den Straßen waren viele Menschen unterwegs, die meisten von ihnen jung und in Partykleidung. Aus den Bars dröhnte Musik. Ich roch immer wieder Haschisch.

Als ich am Strand ankam, zog ich meine Sandalen aus und nahm sie in die Hand. Der Sand war kalt. Etwas weiter weg feierte ausgelassen eine Gruppe Soldaten. Einer von ihnen hatte eine Gitarre dabei und fing an zu spielen, eine junge Frau sang. Der Mond beleuchtete die Meeresoberfläche. Ich hörte das Meer rauschen, sah auf die Uhr und stellte fest, dass es schon spät war. Zwei Jungs aus der Gruppe musizierender Soldaten fingen an, laut zu streiten. Ihr Streit wurde immer heftiger und hörte dann abrupt auf. Ich rief Sergej an, aber er nahm nicht ab. Also klopfte ich den Sand von meinen Füßen und ging an der Gruppe der Soldaten vorbei, einer von ihnen schlief, und sein Kopf lag auf dem Schoß der jungen Frau, die gesungen hatte.

Als ich zurück in die Innenstadt lief, standen vor einer Bar mehrere Pärchen, die sich scheinbar uneinig darüber waren, wie die Nacht weitergehen sollte. Ich lief langsam weiter, darauf hoffend, dass die Sonne wieder aufgehen würde. Es war noch immer kühl. Es war noch immer friedlich. Einzelne Mülltonnen standen auf den Bürgersteigen und warteten darauf, abgeholt zu werden. Ein Kleintransporter hielt vor einem Kiosk und lud Stapel druckfrischer Zeitungen aus. Zum ersten Mal seit Langem fühlte ich mich allein.

Als ich in meinem Apartment ankam, wurde es gerade hell, aber die Sonne war noch nicht ganz aufgegangen. Die Party meiner Nachbarn war gerade zu Ende gegangen. Im Hausflur lagen leere Flaschen und Zigarettenstummel. Ich sperrte die Tür auf, streifte meine Schuhe ab, versuchte, den Sand von meinen Füßen zu schütteln, und setzte mich mit einem Glas Wasser an den Tisch, um vorsorglich eine Aspirin-Tablette zu nehmen. Vor mir lagen die Fotos, die ich von Maya mitgenommen hatte.

Das Telefon klingelte, es war Sergej.

»Lou.« Seine Stimme klang weit entfernt und müde. Er

schwieg. Ich stand vom Sofa auf und ging hinaus auf den Balkon. Endlich ging die Sonne auf.

»Lou«, seine Stimme hatte nun einen fragenden Unterton: »Was machst du denn, Lou?«

»Ich weiß es nicht«, sagte ich. Ich wusste es wirklich nicht. Mein Ärger hatte sich erst in Enttäuschung und schließlich in das Gefühl von Einsamkeit verwandelt.

»Fahr nach Hause«, sagte Sergej.

»Wirst du denn da sein?«

»Ja.«

Ich antwortete nicht, ging wieder hinein und ließ mich aufs Bett fallen.

»Lou. Was ist los mit dir?«

»Ich dachte, du wärst der mit einem Problem.«

Sergej lachte laut auf.

»Fahr nach Hause, Lou.« Er gähnte.

»Nach Hause?«

»Ja.«

»Wirst du denn da sein, wenn ich komme?«

»Natürlich.«

»Was ist mit deiner Journalistin?«

»Was soll mit ihr sein?«

»Schläfst du mit ihr?«

»Bist du irre?«

Ich wiederholte meine Frage.

Sergej sagte: »Lou, sie ist verheiratet.«

»Du auch.«

»Mit einer Frau.«

»Das ist kein Grund.«

»Für sie könnte es einer sein.«

»Und für dich?«

»Ich liebe dich, Lou.«

»Du redest kaum mit mir.«

»Es wäre leichter, mit dir zu reden, wenn du nach Hause kommen würdest.«

»Du bist doch selber nicht zu Hause!«

»Ich komme bald.«

In diesem Augenblick fing ich an zu weinen. Es war ein heftiger Weinkrampf, der mich schüttelte. Mein Körper begann zu zittern, und die Luft fühlte sich plötzlich an wie reiner Stickstoff. Ich war nicht in der Lage, mich wieder zu beruhigen.

»Ich habe deine Bücher besorgt, Lou.«

»Welche Bücher?«

»Die Kinderbücher, die du haben wolltest, die jüdischen. Ich habe sie alle gefunden.«

»Was meinst du?«

»Du hast dich doch beschwert, dass es nur Kinderbücher über Anne Frank gibt und sonst keine übers Judentum.«

»Das hatte ich vergessen.«

»Dann ging es dir gar nicht darum?«

Ich lachte bitter. Diese Bitterkeit war schon lange in mir. Seit der Fehlgeburt. Damals hatte meine Ärztin mir nahegelegt, mit jemandem zu sprechen, und hatte mir Visitenkarten von Psychologen mitgegeben, aber ich konnte mich nicht durchringen, eine der Nummern zu wählen. Wenn ich darüber sprechen würde, wäre es real.

Sergej schwieg am anderen Ende der Leitung. Dann sagte er: »Ist es nicht das, was du wolltest?«

»Doch.«

»Ich verstehe dich nicht mehr.«

»Ich verstehe mich selbst nicht mehr. Oder uns.«

»Dich und mich?«

»Nein.«

»Immerhin«, sagte er.

Ich schaute an die Decke. Dort breitete sich ein Fleck aus. Ich wollte unbedingt das Thema wechseln, weil ich den Schmerz nicht aushielt. »Ich weiß nicht mehr, warum wir das alles tun. Wir geben uns so viel Mühe für eine Religion, obwohl wir nicht an Gott glauben, für eine Vergangenheit, an der kaum etwas gut war, für eine Zukunft, die maximal ungewiss ist, und für eine Identität, die wir selbst nicht mehr verstehen.«

»Darum geht es doch gar nicht, Lou.« Aber das wusste ich bereits.

»Du solltest nach Hause fahren, Lou.« Sergejs Stimme klang nun schärfer.

»Deutschland hat es nicht geschafft, unsere Familien auszurotten, aber die Sowjetunion hat es geschafft, dass sie alles vergessen haben, dass kaum noch etwas übrig geblieben ist.«

»Es ist etwas komplizierter als das.« Nachdem er das gesagt hatte, hüllte er sich in Schweigen, und ich wusste selbst nicht mehr, warum ich diesen Blödsinn gesagt hatte. »Es ist spät«, sagte ich schließlich.

»Lou, das ist eine dämliche Unterhaltung und ein dämlicher Grund, davonzulaufen.«

»Ich laufe nicht davon«, sagte ich kleinlaut.

»Es geht doch sowieso um etwas anderes.«

»Worum geht es dann?«

»Fahr nach Hause.«

»Du kannst nicht einmal darüber reden.«

»*Du* hast jede Unterhaltung verweigert.« Seine Stimme klang müde, dann fügte er hinzu: »Vielleicht sollten wir es nicht am Telefon versuchen.«

»Ich werde dieses Buch nicht schreiben, niemand braucht es.«

»Es gibt keinen Grund, das jetzt hinzuschmeißen, das weißt du.«

»Ich glaube einfach, es war eine dumme Idee.«

Sergej atmete scharf aus: »Du kannst dir doch Zeit lassen.«

»Davon wird es nicht besser werden.«

»Aber wie könnte es besser werden?«

»Ich gehe zurück in die Galerie.«

»Bist du dir sicher?«

»Wirst du auf mich warten?«

»Ja.«

Ich glaubte ihm. Ich vermisste ihn.

»Wo bist du?«

»Das ist eine lange Geschichte.«

»Ich habe Zeit«, sagte ich.

Sergej seufzte, und damit war das Thema erst einmal erledigt.

Bei meinem letzten Besuch war Maya still. Ihre Wangen waren eingefallen, sie wirkte fragiler. Vielleicht hatte Elena Recht, womöglich war es unmenschlich, sie zu drängen. Wir saßen eine ganze Weile schweigend zusammen und aßen eine Hühnersuppe, die ich gekocht und mitgebracht hatte. Die Suppe stammte aus einer Tüte, aber ich hatte sie mit ein paar Kräutern garniert, eine Möhre und eine Kartoffel in einem Topf mit Wasser und Suppenpulver aufgekocht, so dass sie nun ganz passabel aussah.

Vielleicht hatte ich Maya missverstanden.

»Hast du Rosa gehasst?«, fragte ich sie.

Maya tat, als hätte sie meine Frage nicht gehört.

Ich nahm noch einen Schluck Wasser. »Hast du sie gehasst?«

Sie sah aus, als ob sie nach einer Antwort suchte. Oder nach einem Gefühl.

»Wie kommst du auf so einen Blödsinn?« Ihre Stimme kippte, sie fuhr mich an.

»Es ist doch offensichtlich«, sagte ich.

»Ich glaube, du solltest jetzt gehen.«

»Wieso antwortest du mir nicht?«

»Du hast kein Recht, mir in meinem eigenen Haus solche Fragen zu stellen.«

»Deine Stimme verändert sich, wenn du über sie sprichst.«

»Und daraus schließt du was?«

Ich antwortete nicht, sah aber ihre angespannte Körperhaltung und fragte mich, ob ich zu weit gegangen war. Sie schaute mich voller Widerwillen an, oder zumindest kam es mir so vor. Ich drehte mein Gesicht zum Fenster.

»Irgendetwas war zwischen dir und Rosa.«

»Wir waren Schwestern, das reicht ja wohl.«

»Reicht wofür?«

Maya schwieg einen Moment lang und sagte dann langsam: »Weißt du, worauf Rosa am meisten Wert legte?«

Ich schüttelte den Kopf.

Sie legte ihre Hand voller geweiteter Adern und Altersflecken auf meine und sagte: »Benehmen.«

Ich lächelte. Sie sah mich entgeistert an: »Du ähnelst ihr.«

»Rosa?«, fragte ich.

Maya nickte: »Und weißt du, wem Rosa ähnlich sah?«

»Hannah?«, riet ich.

Maya fuhr zusammen, als ich ihren Namen erwähnte.

»Ist zwischen dir und Rosa etwas vorgefallen?«, fragte ich.

»Nein. Rosa konnte sich immer auf mich verlassen.«

»Wirklich?«

»Natürlich. Deine Mutter auch. Wusstest du, dass ich ihr den Platz am Konservatorium besorgt habe? Ich kannte die Vorsitzende der Aufnahmekommission.«

Das war eine der Geschichten, die meine Mutter am meisten verletzte. Maya war überzeugt davon, dass es ihr Verdienst gewesen war, allerdings hatte sie mit ihrer Bekannten erst nach der Aufnahmeprüfung gesprochen, als meine Mutter schon längst ihre Zusage hatte. Sie war die beste aller Bewerberinnen gewesen, und das auch noch als Jüdin. Dennoch sagte ich nichts. Aber ich fühlte, dass ich frische Luft brauchte. Ich machte Anstalten, mich zu verabschieden, doch Maya hielt mich am Ellbogen fest.

»Mein erster Mann«, sagte Maya.

»Dein erster? Was soll das heißen? Du warst doch nur einmal verheiratet.«

»Er hatte mir eine Woche nach der Hochzeit eröffnet, dass er sich in Rosa verliebt hatte.«

»Aber es war nicht ihre Schuld.«

»Natürlich nicht«, beeilte Maya sich zu sagen.

»Aber du hast ihr die Schuld gegeben?«

»Rosa hat immer alles bekommen. Jeden Mann, den sie wollte und nicht wollte, alle liebten sie, alle redeten von ihr, bewunderten sie. Zum ersten Mal hat sich jemand für mich interessiert. Bis er sich umentschieden hatte.«

»Haben Rosa und er?«

»Nein, es wäre aber vielleicht sogar weniger schlimm, wenn es passiert wäre, dann hätte ich ein Recht gehabt, auf sie wütend zu sein. Ich glaube, sie genoss die Aufmerksamkeit.«

»Welche Aufmerksamkeit?«

»Nun, mein Mann hat Rosa eine Liebeserklärung gemacht und wollte mit ihr durchbrennen.«

»Was passierte dann?«

»Sie erzählte es mir.«

Ich saß in einem neuen Mercedes vor Mayas Haus und las die Mail von Minnas Assistenten: Sachlich und knapp schilderte er, dass Sergej mitten in der Generalprobe aufgestanden war, den Konzertsaal verließ und bisher nicht wiedergekommen sei. Es war ein Konzert, das er schon unzählige Male gegeben hatte und das selbst ich auswendig kannte. Er hätte es im Traum spielen können. Alle weiteren Konzerte wurden abgesagt. Die offizielle Begründung lautete »Magenverstimmung«.

Ich versuchte, Sergej anzurufen, und schrieb ihm mehrere Nachrichten, erhielt aber keine Antwort. Sein Handy war wieder aus. Ich fluchte und hatte keine Ahnung, was ich tun sollte. Ich scrollte durch Instagram und Twitter, doch da war nichts. Nur die offizielle Absage der Veranstalter auf der Homepage.

Es wurde heiß im Auto, ich hatte den Motor gestartet, und die Klimaanlage sprang an. Während ich ausparkte, klingelte mein Handy. Ich nahm sofort ab, ohne auf den Namen zu schauen. Doch es war nicht Sergej, der anrief, sondern Ekaterina.

»Wo bist du?«, fragte sie.

»In Israel.«

»Und Sergej?«

»Wahrscheinlich irgendwo in Österreich.«

»Ich kann ihn nicht erreichen.«

»Sein Handy ist aus.« Ich sprach das Offensichtliche aus, und wahrscheinlich verdrehte sie gerade die Augen.

»Weißt du, wo er ist?«

»Nein.«

»Hat er dir irgendetwas erzählt?« Ekaterinas Stimme klang panisch.

»Nein«, sagte ich, doch es war zu laut, als dass sie meine

Antwort hätte verstehen können, über mir flogen drei Militärjets vorbei.

Als es wieder ruhiger wurde, fragte sie: »Weißt du wirklich nicht, wo er ist?«

»Nein.«

»Und ihr habt vor dem Konzert nicht miteinander geredet?«

»Nein.«

»Lasst ihr euch scheiden?«

»Ich glaube nicht«, sagte ich.

Ekaterina schien mir nicht zu glauben: »Wenn du etwas hörst, bitte, lass es mich wissen.«

Sie machte eine kleine Pause.

»Ich mache mir Sorgen.«

»Ich mir auch«, sagte ich leise.

»Gut.«

»Gut«, wiederholte ich und drehte die Klimaanlage höher.

Ich wartete, dass sie auflegte, doch dann sagte sie: »Was machst du überhaupt in Israel?«

»Ist eine lange Geschichte.«

»Wenn du meinst.« Sie zögerte, dann sagte sie: »Wie lange bleibst du dort?«

»Nur ein paar Tage.«

»Das klingt vage.«

»Das ist nicht vage, es sind nur ein paar Tage.«

»Hast du einen Rückflug?«

»Ja.«

»Wann?«

»Wir haben gerade andere Sorgen«, sagte ich.

»Wann fliegst du nach Hause?«

»In ein paar Tagen.«

»Okay.« Ekaterina schien nicht überzeugt zu sein. Ich dagegen wollte das Gespräch so schnell wie möglich beenden.

Ich verabschiedete mich, und dann fragte sie: »Seit wann fühlst du dich überhaupt jüdisch?«

»Bitte?«

»Ich meine ja nur. Nicht, dass du noch religiös wirst.«

Statt nach Hause zurückzukehren, gab ich »Haifa« in das Navi ein. Ich nahm extra die längere Route, um an der Küste entlangzufahren. Ich hörte einen hebräischen Radiosender, verstand kaum ein Wort und ließ mich von den elektromagnetischen Wellen einlullen. Es war die angenehmste Art, etwas zu hören und nichts wahrzunehmen.

Mein Telefon klingelte wieder, und wieder war es nicht Sergej, es war Minna. Ich fuhr gerade an einem kleinen Strand vorbei. Der Sand sah aus, als hätte er die perfekte Beschaffenheit, und das Wasser glitzerte in der Sonne. Der Parkplatz war dafür umso trostloser: aufgerissene Chipstüten, leere Plastikflaschen, zwei volle Windeln neben dem überquellenden Mülleimer, ein zusammengeknülltes T-Shirt, eine einsame Badehose, Bierdosen und eine Pizzaschachtel.

»Hat er mit dir gesprochen?« Minnas Stimme klang scharf.

»Nein.«

»Das dachte ich mir«, sagte sie, und ich biss mir auf die Lippe. »Lou, das ist gar nicht gut. Du musst ihm klarmachen, dass das so nicht geht.«

»Minna«, setzte ich an.

Sie holte tief Luft, und dann unterbrach sie mich: »Ich vertrete keine unzuverlässigen Leute. Das ist gegen meine Prinzipien. Mach ihm das klar, wenn du das nächste Mal mit ihm sprichst.« Sie legte auf.

Ich wusste, dass nun der Zeitpunkt gekommen war, an dem ich mir Sorgen machen sollte. Obwohl ich wusste, dass er nicht rangehen würde, wählte ich nochmal Sergejs Nummer. Ich rief auch in seinem Hotel an und versuchte, online irgendwelche Hinweise auf seinen Verbleib zu finden. Doch er blieb unauffindbar.

Mein Telefon klingelte inzwischen fast ohne Unterbrechung, die ganze Welt wollte wissen, wo Sergej war. Ich beantwortete jeden einzelnen Anruf und beschwichtigte Menschen, die ich nicht kannte und von denen ich nicht wusste, wie sie überhaupt an meine Nummer gekommen waren. Mit jedem Gespräch, das ich führte, wurde sein Verschwinden realer. Mir war nicht klar, ob er auch uns verlassen hatte.

Erst als ich ihn betrat, fiel mir auf, dass der Friedhof riesig war und ich keine Ahnung hatte, wo ich nach dem Grab meiner Großmutter suchen sollte. Ich wanderte ziellos durch die Gräberreihen, vorüber an Marmorplatten. Das letzte Mal war ich hier als Kind mit meiner Mutter gewesen und bildete mir ein, mich noch grob erinnern zu können, wo ich hinmusste, aber schon bald hatte ich die Orientierung verloren. Auf vielen Gedenksteinen standen die Namen auf Russisch und Hebräisch, ich las sie und auch die Geburtsdaten. Ich versuchte, mir diese Leben vorzustellen, und fühlte mich unwohl. Ich konnte mir nicht erklären, warum Friedhöfe auf manche Menschen eine beruhigende Wirkung hatten und sie sich freiwillig dort aufhielten. Ich wollte immer nur weg von dort. Meine Mutter schickte eine SMS, Rosa wolle mit mir sprechen, aber ich hatte Angst, Sergejs Anruf zu verpassen, und vertröstete sie.

Ich rief Elena an, die mir Vorwürfe machte, weil ich allein hierhergefahren war. Dennoch gab sie mir detaillierte Anweisungen, und irgendwann fand ich tatsächlich das Grab meiner Großmutter. Sie war nicht neben ihrem Mann begraben worden. Als Großvater starb, hatte niemand daran gedacht, einen Platz für sie neben ihm zu reservieren, oder, viel eher: Es war nicht genug Geld da. Vielleicht hatte niemand bedacht, dass der Platz so schnell weg sein könnte. Nun lag meine Großmutter zwischen einem Moses Rabinowitsch und einer Naima Mizrahi begraben. Ich blieb so lange, wie der Anstand es erforderte, und legte dann ein paar Steinchen hin. Es waren die einzigen. Rosa hatte offenbar lange keinen Besuch mehr gehabt, also beschloss ich aufzuräumen. Ich entfernte alte Zweige, sammelte vereinzelte Blätter ab, und weil ich keinen Lappen hatte, benutzte ich den Schal, der in meiner Tasche war und den ich mit Wasser befeuchtete. Ich wischte mit ihm die Grabplatte sauber.

Ich rief wieder Elena an und ließ mir den Weg zum Grab meines Großvaters erklären. Über ihn wusste ich noch weniger als über meine Großmutter. Als ich so alt geworden war, dass mein Erinnerungsvermögen einsetzte, hatte mein Großvater seines verloren. Ich erinnerte mich an seine Demenz, daran, dass er plötzlich an der Kasse in einem Geschäft nicht mehr den Wert der Münzen erkennen konnte und ich ihm keine Hilfe war, da ich noch nichts über Geld wusste. Er vergaß auch sich selbst, Stück für Stück.

Nur wenige Wochen nach ihrer Einwanderung nach Israel starb er in Haifa. Meine Mutter war weder bei ihrem Vater noch bei ihrer Mutter, als sie starben. Ihr Vater hatte einen Herzinfarkt und wurde am nächsten Morgen begraben, und als Rosa im Sterben lag, waren wir gerade dabei, nach Deutschland zu migrieren, und meine Mutter hatte es nicht geschafft, rechtzeitig nach Israel zu fliegen. Sie hat es sich niemals verziehen.

Als ich den Staub von meinen Kleidern klopfte, vibrierte mein Handy. Sergej schrieb: »Mach dir keine Sorgen, ich brauche nur ein paar Tage für mich.« Als ich ihn zurückrief, hob er nicht ab. Es blieb nur all das, was er nicht schrieb.

Draußen war es still, nicht einmal Straßenverkehrslärm drang in die Wohnung. Drinnen lief der Fernseher. Ich räumte auf, und dazu brauchte ich eine Geräuschkulisse aus dem Reality-Fernsehen. Es klingelte an der Tür. Ich drückte auf den Summer und hörte bald schwere Schritte auf der Treppe. Ich war mir sicher, dass es eine Lieferung für einen meiner Nachbarn sein würde. Ich rief auf Englisch ein »Hallo!« hinunter, bekam aber keine Antwort. Eine Minute später stand ein großgewachsener Mann in einem dunklen Anzug und mit einem breitkrempigen Hut vor mir. Ich ließ ihn herein.

Er betrat das Wohnzimmer und schaute sich um. Sofort zog er die schweren Vorhänge zu, und als er sich selbst bei seinem Tun ertappte, legte er seinen Hut auf das Sofa. Das tat er so vorsichtig, als ob es sich um einen Säugling und kein Kleidungsstück handelte.

»Deine Tante hat mir deine Adresse gegeben«, sagte er nach einer Weile, aber der Fernseher war zu laut aufgedreht, er musste über den Lärm hinwegrufen.

»Moment«, schrie ich und schaltete den Fernseher aus. Der Besucher stand noch immer neben dem Sofa.

»Du hättest anrufen können«, sagte ich und versuchte, nicht allzu vorwurfsvoll zu klingen.

»Ich weiß.«

»Möchtest du dich setzen?« Ich deutete vage auf das Sofa.

Er hatte sich kaum verändert, hatte noch immer die buschigen Augenbrauen, die seinem Gesicht Kontur verliehen, und die klare Haut, um die ich ihn immer schon beneidet hatte. Früher war er so schön gewesen, dass meine Hände anfingen zu schwitzen, wenn ich ihn anschaute. Das taten sie auch jetzt.

»Okay.« Er setzte sich hin und legte die Beine übereinander.

»Möchtest du einen Kaffee?«, fragte ich.

»Niemand weiß, dass ich hier bin.«

Ich nickte und ging in die Küche, um zwei Tassen Nescafé aufzubrühen. Auf der Arbeitsfläche neben der Spüle krabbelten Ameisen über ein Stück vergessenen Brotes. Sie bewegten sich schnell und in einer geraden Linie.

Ich hatte David seit achtzehn Jahren nicht gesehen, seit dem Abend, an dem er mir erklärt hatte, er würde am nächsten Morgen nach Jerusalem fliegen, um in einer Jeshiva zu studieren. Er hatte mir vollkommen ruhig mitgeteilt, dass er dies allein tun würde. Ohne mich. Und obwohl ich geglaubt hatte, dass diese Ehe für mich mittlerweile nichts weiter war als eine Erinnerung aus einer längst vergangenen Zeit, spürte ich einen Stich. Kurz war mir, als bekäme ich keine Luft mehr, doch ich zwang mich, ruhig zu bleiben. Ich streckte meinen Rücken durch, und kurz war mir noch schwindlig und übel. Ich hielt mich an den Küchenmöbeln fest. Das Wasser kochte, ohne dass ich mich daran erinnerte, es aufgesetzt zu haben. Ich goss den Kaffee auf und trug ihn aus der Küche.

Im Wohnzimmer setzte ich mich David gegenüber. Er war fülliger geworden, doch seine Gesichtszüge waren nun markanter, um die Augen spannen sich feine Fältchen, und auf der Stirn war deutlich die Zornesfalte zu sehen. Das volle lockige Haar war bis auf die Pejot kurz geschnitten. Er trug eine Kippa und einen Bart, der ihm nicht stand. Aber der dunkle Anzug hatte einen guten Schnitt und war aus einem hochwertigen Stoff, so dass er nicht so wirkte, als käme er aus einem vorrevolutionären Stetl, dem schon unsere Vorfahren zu entkommen versuchten. Eigentlich sah er ziemlich gut aus und nicht wie die Karikatur eines Gläubigen, die ich mir bis dahin ausgemalt hatte.

»Weshalb wolltest du, dass ich komme?«, fragte David.

»Ich wollte das?« Ich schlug die Beine übereinander, das war alles, wozu ich noch fähig war. Ohne mich zu rühren, wartete ich darauf, dass er etwas sagen würde. Saß da mit meiner Scham und meiner fast unerträglichen Sehnsucht. Ich war die Verlassene mit den tiefen Wunden, die in der Zwischenzeit aber womöglich geheilt waren.

»Das hat deine Tante gesagt.«

»Und du glaubst ihr noch immer?«

David nahm einen Schluck Kaffee.

»Was hat sie dir erzählt?«

»Dass du da bist«, sagte David und schaute mich an. Ich zupfte an meiner Nagelhaut, bis sie zu bluten anfing.

»Und du bist gekommen?«

»Sieht so aus.« Er rutschte auf dem Sofa hin und her, wenigstens schien ihm die Situation genauso unangenehm zu sein wie mir.

»Du hast es mir nie erklärt.«

»Was?«

»Eigentlich alles«, sagte ich.

Er seufzte: »Du hättest es nicht verstanden. Du verstehst es noch immer nicht.«

»Du hättest es versuchen können.«

»Vielleicht wollte ich ein anderes Leben.«

»Eines ohne mich?«

»Du musst nicht immer alles auf dich beziehen.«

»David, wir waren verheiratet.«

»Stimmt. Okay, es tut mir leid. Ist es nun besser?«

Ich musste laut lachen, und dieses Lachen löste etwas in mir, und ich sagte: »Weißt du was, vielleicht brauchen wir eine Flasche Wein. Trinkst du?«

»Hast du etwas da?«

»Der Wein ist im Kühlschrank.«

»Ist er koscher?«

»Keine Ahnung.« Ich sah ihn an: »Ist es wichtig?«

»Keine Ahnung«, antwortete David.

»Ich habe auch ein paar Cracker. Auf der Arbeitsfläche neben der Spüle.«

Kurz darauf kam er aus der Küche mit dem Wein zurück. Er gab mir ein Glas, schenkte zuerst mir und dann sich ein. Ich nahm den ersten Schluck, ohne mit ihm anzustoßen. Den zweiten auch. Es war mittlerweile still in der Wohnung, die Bar im Erdgeschoss war heute geschlossen, es drangen nur leise Verkehrsgeräusche und vereinzelt Schritte von Passanten zu uns ins Zimmer. Der Wein schmeckte furchtbar, ich wollte mich erst reflexartig dafür entschuldigen, doch stattdessen nahm ich noch einen Schluck. Immerhin war er tatsächlich koscher.

»Malst du noch?«, fragte ich.

Er schüttelte den Kopf.

»Das ist schade.«

»Nicht wirklich.«

Ich schaute ihn irritiert an.

»Ich war nicht besonders gut«, erklärte er.

»Fand ich schon.« Ich log nicht, David war ein ausgezeichneter Maler gewesen. Ich hatte mich zuerst in seine Bilder und dann in ihn verliebt. Er hatte großformatige Porträts gemalt, meistens von seinen toten Verwandten.

»Hast du Kinder?«, fragte er.

»Eine Tochter.«

Er nickte und sagte: »Ich konnte mir dich immer als Mutter vorstellen.«

»Bist du deswegen abgehauen?«

»Ich bin nicht abgehauen.«

»Du hast mitten in der Nacht deine Sachen gepackt und warst vor dem Morgengrauen weg. Eine Woche später hast du mich aus der Jeshiva angerufen und mich um die Scheidung gebeten.«

»Du hast dich nicht verändert.«

»Was meinst du?« Ich schob meine Füße unter meine Oberschenkel und machte es mir etwas bequemer, bevor ich sein Urteil über mich hören würde.

»Du musst immer Recht haben, du lässt nie locker, du bist wie ein Deutscher Schäferhund.«

Ich lachte laut auf, und selbst David lächelte.

»Gut, dass ich in Deutschland geblieben bin.«

Sein Gesicht zeigte eine Spur von Unbehagen.

»Was machst du hier überhaupt?« Auch seine Stimme war nun etwas weicher.

»Maya ist neunzig geworden. Ich wollte mit ihr reden.«

»Hat es was gebracht?«

Ich schüttelte den Kopf.

»Vielleicht solltest du nicht in der Vergangenheit nach Antworten auf deine Fragen suchen.«

»Wirklich, David?«

Er nahm einen großen Schluck Wein und schaute an mir vorbei.

»Entschuldige, ich wollte mich nicht streiten«, sagte ich. Er nickte. Ich schaute mir seine Hände an und versuchte, nicht daran zu denken, wie es gewesen war, wenn er mich berührte. Als ich ihn so geliebt hatte, dass ich dachte, ich würde keine Luft mehr bekommen. Als mein ganzer Körper nicht ohne seinen sein konnte.

»Ich hätte mich gern von dir verabschiedet.«

»Ich hatte das Gefühl, das hättest du schon vor langer Zeit getan. Du hast dich aus unserer Beziehung zurückgezogen. Warst von einem Tag auf den anderen nicht mehr an uns interessiert. Mir blieb nichts anderes übrig, als zu gehen.«

»Du hättest mit mir reden können.«

»Du hättest abgeblockt.«

»Vielleicht«, sagte ich halbherzig. Ich hatte keine Lust, mich zu streiten.

»Wärst du damals mitgekommen?«

»Nein.«

Ich stand auf und setzte mich neben ihn, legte meinen Kopf an seine Schulter. Er streichelte meinen Oberschenkel. Sein Geruch hatte sich verändert.

»Wusstest du, dass ich nicht mitkommen würde?«

»Ja.«

»Hast du Kinder, David?«

»Fünf.«

Ich rollte mit den Augen und setzte mich auf seinen Schoß.

»Bist du dir sicher?«, fragte David.

»Nein«, sagte ich. Meine Lippen waren ganz nah an seinen. »Bist du glücklich geworden, David?«

»Ich denke schon.« Er bewegte sich nicht.

Und dann fuhr er mit seinem Zeigefinger meinen Nasenrücken entlang. Es war etwas, das er noch nie zuvor getan hatte. Ich spürte seine Erektion. Ich hätte in diesem Augenblick alles beenden können, mich wegsetzen, meine Hände von den seinen nehmen, meine Lippen nicht auf seine pressen, ihn nicht küssen, seinen Geruch nicht einatmen, meinen Schoß nicht wie zufällig bewegen, mein Gewicht nicht verlagern, ihn nicht anschauen können, aber ich tat all das. Während wir uns küssten, hielt er inne und schaute mir in die Augen. In seinen Augen war keine Scham. Keine Reue.

Als ich aufwachte, war ich allein. Auf dem Nachttisch lag ein Zettel. »Auf Wiedersehen«, stand darauf. Die Sonne ging gerade auf. Ich atmete den Geruch der Bettwäsche ein und schloss noch einmal die Augen.

Ich hatte mir einen Salat zum Mittagessen bestellt und wartete auf den Lieferanten, doch statt Avi, der mir mein Essen hätte bringen sollen, stand plötzlich meine Schwiegermutter vor mir. Sie hatte sich weder angekündigt, noch wartete sie ab, bis ich sie hineinbat. Meine Mutter, von der sie meine Adresse in Tel Aviv haben musste, hatte mich nicht vorgewarnt. Wahrscheinlich wollte sie mir etwas heimzahlen. Ekaterina stellte ihre kleine Reisetasche im Flur ab und ging ins Wohnzimmer. Ich folgte ihr, und nun standen wir beide reglos voreinander.

»Hier steckst du also«, sagte sie und zog die Vorhänge auf.

»Ist etwas passiert?«, fragte ich panisch.

»Nicht mehr als ohnehin schon.«

»Kaffee?«, fragte ich und ging in die Küche, wo ich schnell überprüfte, ob noch irgendeine Spur von der gestrigen Nacht sichtbar war. Aus der Küche schickte ich Sergej eine Nachricht: »Deine Mutter ist hier, das verzeihe ich dir nie.« Er antwortete nicht.

»Nein, danke. Ich hatte schon welchen«, rief Ekaterina mir hinterher. »Auf dem Flughafen.«

»Okay«, antwortete ich, weil mir nichts anderes einfiel. »Magst du dich setzen?«, fragte ich, als sie es sich bereits auf dem Sofa bequem gemacht hatte. Ich setzte mich ihr gegenüber.

Ekaterina schaute mich neugierig an. »Hattest du Besuch?« Sie deutete auf die Weinflasche, die ich mit David getrunken hatte, und die beiden Gläser. Sie ließ ihren Blick durchs Zimmer schweifen und zog ihre Augenbrauen zusammen. Sie hasste Unordnung genauso sehr wie mich.

»Eine Freundin war hier«, sagte ich schnell und versuchte, mir nichts anmerken zu lassen, während ich das Zimmer weiterhin mit meinen Blicken überprüfte.

»Du hast Freunde hier?«

»Hm.«

»Verstehe«, sagte Ekaterina.

»Weswegen bist du hier?«, fragte ich sie und schaute ihr zum ersten Mal in die Augen.

»Ich wollte dir dieselbe Frage stellen.«

Ich schwieg so lange, bis es unangenehm wurde. »Vielleicht habe ich eine Pause gebraucht«, sagte ich schließlich. Immer wenn ich mit ihr sprach, fühlte es sich so an, als ob ich mein Abitur noch einmal ablegen müsste.

Sie lachte laut auf: »Aber wovon?«

»Von dir«, lag mir auf den Lippen, doch ich setzte mich ihr gegenüber, genau an die Stelle, an der ich gestern saß, und versuchte, mich zusammenzureißen.

»Hast du ihn verlassen?«

»Nein«, sagte ich etwas zu schnell.

Ihre Augen waren kalt. »Hat er dich verlassen?«

Ich lächelte. »Er hat es zumindest nicht angekündigt.«

»Was machst du dann hier?«, rief sie aus. Mir wurde zum ersten Mal bewusst, wie ernst die Lage sein musste, wenn sie extra aus Deutschland hierhergekommen war.

»Du hast keine Ahnung, wo er ist, oder?«, fragte ich sie.

»Er ist noch nie zuvor weggelaufen.«

»Katja, er ist kein Kind. Er ist nicht weggelaufen.«

»Was macht er dann?«

»Vielleicht braucht er auch eine Pause.«

Sie sah mir in die Augen: »Lou, wir sind uns nicht sonderlich nah. Das weiß ich. Aber falls es etwas gibt, das ich wissen sollte …«, während sie diese Worte aussprach, wirkte ihr Gesicht vollkommen ruhig.

Ich musste gegen meinen Willen lachen.

»Hast du eine Affäre?«, fragte sie.

»Nein. Ich sicher nicht.«

»Was soll das heißen?« Jetzt meinte ich Besorgnis in ihrem Gesicht zu sehen, obwohl sie froh darüber sein müsste, dass ihr Sohn endlich jemand Besseren gefunden hatte. Aber womöglich hatte sie Angst, dass er noch tiefer sinken könnte. Oder noch mehr Konzerte absagen.

»Du musst zurückkommen«, sagte sie resigniert. Ich sah sie neugierig an. Sie stand auf und fing an, durch das Wohnzimmer zu laufen.

»Meinst du, er hat es geplant?«, fragte sie.

»Mich zu verlassen?«

»Auch mich!«, sagte sie entrüstet.

»Könntest du dich setzen? Du machst mich nervös.«

Sie schaute mich verständnislos an, aber sie setzte sich. »Er hat so etwas noch nie getan. Ich verstehe es nicht.«

Und ich verstand nicht, weshalb sie hier war oder was sie von mir wollte. Aber ich wusste, dass ich keine Kraft hatte, mich mit ihr auseinanderzusetzen. Dann packte mich die Panik: »Willst du eigentlich hierbleiben?«

»Ich plane gar nichts, ich möchte nur das Problem lösen.«

»Und wie lange hast du dafür veranschlagt?«

Sie sah mich feindselig an: »Ich werde mir ein Hotel nehmen, aber eigentlich wollte ich nur mit dir reden.«

»Gut.«

Allerdings sprach sie nicht, sondern starrte auf die leere Wand hinter mir. Ich überlegte, was ich noch sagen könnte, nur fiel mir außer Allgemeinplätzen nichts ein. Und dann wurde ich wütend. Wütend darüber, dass sie mich hier aufgespürt hatte und dass sie Sergej selbst in seinem Entschluss, unterzutauchen, wie ein Kind behandelte. Dann klingelte es an der Tür, und es war Avi. Ich würde auch noch mein Mittagessen mit ihr teilen müssen.

Nachdem sie mein Mittagessen bekommen und mich sehr lange angeschwiegen hatte, machten wir beide einen Spaziergang an der Strandpromenade. Wir fühlten uns beide sichtlich unwohl. Ekaterina ließ ab und an Bemerkungen fallen über die Menschen, die sie sah. Meistens war es nichts Gutes. Noch sprach sie nicht über den eigentlichen Grund für ihr Kommen.

Ich war inzwischen müde, gereizt und sehr hungrig. Obwohl es erst später Nachmittag war, sprach ich das Abendessen an, und Ekaterina fiel auf, dass ich nicht gegessen hatte, sondern nur sie. Ich hatte schon Sorge, sie würde vorschlagen, dass wir in ein Restaurant gingen, aber stattdessen fragte sie mich, ob wir eine Pizza bestellen wollten. Wahrscheinlich hätte keine von uns eine längere Unterhaltung mit der anderen ertragen. Nun saßen wir nebeneinander auf dem Sofa und sahen fern. Sie hatte versucht, für die Nacht ein Hotel zu finden, aber fast alle waren ausgebucht, und übrig blieben nur ein paar Luxuszimmer, die sie sich nicht leisten wollte. Ich bot ihr mein Bett an, was bedeutete, dass ich selbst auf dem Sofa würde schlafen müssen. Ich glaubte, das Arrangement missfiel ihr genauso sehr wie mir. Zumindest rührte Ekaterina die Pizza nicht an, sie stocherte nur in dem Salat herum, den wir mit der Pizza zusammen bestellt hatten.

»Möchtest du vielleicht etwas anderes essen?«, fragte ich sie.

»Schon gut.«

»Es gibt wirklich mehr als genug Möglichkeiten. Möchtest du lieber Sushi?«

»Ich bin nicht hergekommen, um Sushi zu essen.«

»Jedenfalls verstecke ich deinen Sohn nicht unter dem Sofa«, sagte ich. Entgegen meiner Erwartung brach Ekaterina in Lachen aus. Es war ein lautes, glucksendes Lachen, das gar nicht mehr aufhören wollte.

Nachdem sie sich beruhigt hatte, streckte sie die Füße aus.

»Warum hast du nur ihn unterrichtet?«

»Ich habe alle drei Kinder unterrichtet.«

»Aber nur einer wurde Musiker, warum?«

»Weil ich es den anderen nicht antun konnte.« Sie nahm sich nun doch ein Stück Pizza.

»Aber ihm schon?«

»Er war der Einzige, dem ich es zugetraut habe.« Sie drehte sich zu mir und wurde ganz ernst: »Er hat kein schlechtes Leben. Er reist um die Welt, er verdient Geld, er ist erfolgreich. Er hat eine Karriere.« Sie machte eine Pause: »Zumindest hatte er bis vor Kurzem noch eine.«

»Um seine Karriere mache ich mir keine Sorgen.«

»Sondern?«, fragte sie angespannt. Im Zimmer wurde es allmählich dunkel, nur ein dünner Streifen Licht aus dem Flur fiel auf den Boden. Ich stand auf und schaltete die Lampe ein. Es war ein grässliches Licht, das unsere Gesichtszüge gnadenlos aussehen ließ.

»Etwas stimmt nicht«, sagte ich.

»Was du nicht sagst.« Sie nahm sich noch ein Stück Pizza: »Ich bin keine schlechte Mutter, wenn du darauf anspielst.«

»Das wollte ich dir nicht unterstellen.«

Vor öffentlichen Auftritten hatte Sergej immer schon miese Laune gehabt, er war nervös, grob, fast schon aggressiv, aber ich fand es normal, schließlich sollte er vor mehreren hundert Menschen spielen, manchmal waren es sogar tausend. Jeder Einzelne von ihnen würde eine Meinung zu seinem Auftritt haben. Es gab keinen Schutzschild. Aber Sergej war kein Untergeher. Er wusste, wie man sich zusammenreißt. Es war auch nicht so, dass er die Auftritte nicht genoss, die Aufmerksamkeit des Publikums, den Respekt der Kollegen, das Lob der Kritiker, die Blumen, die Frauen. Konzert-Einladungen lehnte er selten ab, vor allem die hochdotierten. Er hatte sich einen Käfig gebaut, und ich half ihm dabei, drinnenzubleiben.

In unserer Berliner Wohnung stand gegenüber dem Steinway der Notenschrank, in dem sein gesamtes Repertoire eingeschlossen war. Dies war das einzige Möbelstück, das er aus seinem Elternhaus mitgenommen hatte. Seine Mutter hatte früher immer gedroht, ihn darin einzusperren, wenn er nicht übte. Aber sie hatte es nie getan, und außer der Tatsache, dass Ekaterina und ich einander hassten, gab es nichts, was man ihr vorwerfen konnte. Damit kannte ich mich ein wenig aus, denn ich las alle Zeitungsartikel über Kindermisshandlungen, die ich finden konnte. Ich wollte weder darin bestätigt werden, dass ich eine gute, noch darin, dass ich eine schlechte Mutter war. Ich würde Rosa niemals schlagen, sie auch nicht willentlich misshandeln, aber ich wollte sicher sein, dass ich ihr nicht dennoch etwas antat, das mir unterlief. Vielleicht wollte ich auch nur einen Beweis dafür finden, dass ich es verdient hatte, dass mein zweites Kind noch vor der Geburt gestorben war.

Nun dachte ich die ganze Zeit an den Schrank. So muss Sergej sich in letzter Zeit gefühlt haben, wie ein Gefangener in jenem Schrank. Kein Wunder, dass er verschwunden war.

Ekaterina hatte geschafft, was sie wollte. Sie hatte noch nie Widerworte geduldet, also wusste ich, dass jede Diskussion unser unfreiwilliges Zusammensein nur in die Länge ziehen würde. Kurz bevor das Taxi kam, das uns zum Flughafen bringen sollte, klingelte mein Telefon. Ich hatte meinen gepackten Koffer im Flur abgestellt, hatte das Bett abgezogen, hatte Maya und Elena zum Abschied eine SMS geschrieben und wartete nun mit Ekaterina auf das Auto. Am Telefon war Vlad, der vorschlug, mich zum Flughafen zu fahren. Er hörte das Zögern in meiner Stimme und sagte: »Maya hat mich darum gebeten.«

»Maya?«

»Hm. Sie macht sich wohl Sorgen um dich.«

»Um mich?«

Vlad zögerte, dann sagte er schnell: »Sie glaubt, du könntest hierbleiben. Und deine Familie verlassen.«

»Das hat sie gesagt?«

»Und noch einiges mehr.«

»Ich will gar nicht wissen, was.« Ich seufzte. In der Leitung knarzte es.

»Ich fahr gleich los«, sagte Vlad.

Ich biss mir auf die Lippe, schaute auf die Uhr und auf Ekaterina, die immer ungeduldiger wurde: »Wir fahren lieber mit dem Taxi.«

Vlad sagte: »Ich fahre dich trotzdem. Maya war sehr bestimmt.«

»Wie lange brauchst du?«

»Nur zehn Minuten.«

»Okay, aber meine Schwiegermutter ist auch dabei.«

Vlad lachte: »Hatte sie auch Angst, dass du hierbleibst?«

»Niemand möchte, dass ich hierbleibe.« Es sollte ironisch

klingen, aber ich hatte offenbar ins Schwarze getroffen, denn Vlad wurde verlegen. Ich verabschiedete mich rasch, stornierte unseren Uber und sagte zu Ekaterinas Entsetzen: »Mein Cousin fährt uns zum Flughafen.«

»Aber schaffen wir es dann überhaupt rechtzeitig?«

»Wir sind so schneller«, sagte ich, obwohl das eine Lüge war.

»Das ist doch Blödsinn. Unser Taxi ist fast hier.«

»Er ist gleich da.«

Eine halbe Stunde später war Vlad da. Ekaterina hatte sich alle zwei Minuten beklagt, wir würden unseren Flug verpassen, obwohl es noch drei Stunden bis zum Boarding waren. Als wir runterkamen, stand Vlad an seinen weißen Tesla gelehnt da. Es war dasselbe Modell, das er auf Gran Canaria gemietet hatte. Er rauchte und schnippte die Zigarette weg, als er uns sah. Ich stellte ihn und Ekaterina einander vor. Er begrüßte sie ausnehmend freundlich, was ich ihm hoch anrechnete. Nachdem er unser Gepäck in den Kofferraum geladen hatte, setzte Ekaterina sich auf den Beifahrersitz. Sie sah müde aus. Ich stieg hinten ein. Vlad schaltete das Radio aus und sah mich im Rückspiegel an. Ich zuckte mit den Schultern.

»Hallo«, sagte ich vorsichtig.

»Hallo«, sagte Vlad und fragte dann Ekaterina: »Seit wann sind Sie hier?«

»Seit gestern«, antwortete sie kurz angebunden.

»Na, das war ein recht kurzer Besuch. Möchten Sie nicht länger bleiben?«

»Nein.« Ekaterina setzte ihre Sonnenbrille auf und klappte die Sonnenblende herunter.

Wir schwiegen. Vlad manövrierte das Auto aus der Stadt heraus auf die Autobahn und fuhr auf der Überholspur dahin. Sein Fahrstil hatte etwas Suizidales. Ich zupfte an meiner Nagelhaut. Das Blut hinterließ eine Spur auf meiner Tasche, die ich unauffällig zu säubern versuchte. Ich wusste weder, was ich sagen, noch, was ich mit mir anfangen sollte. Vlad räusperte sich, als ob er etwas sagen wollte, blieb aber dann doch still und drehte die Stereoanlage auf.

»Hat es Ihnen hier gefallen?«, fragte er Ekaterina.

»Nicht sonderlich«, antwortete sie.

»Vielleicht hätten Sie länger bleiben sollen.«

Er bremste das Auto ab, wir standen nun im Stau.

»Hier«, er streckte seine Hand nach hinten, kramte auf der Rückbank herum und reichte mir eine Flasche Wasser und eine Tüte Chips. Ich legte die Chipstüte auf meinen Schoß und versuchte die Liste der Zutaten zu entziffern, die auf Hebräisch war.

»Möchten Sie?« Er holte noch eine Wasserflasche von hinten und hielt sie Ekaterina hin.

»Danke«, sie nahm das Wasser an sich.

»Willst du nicht?«, fragte er.

Ich schüttelte den Kopf und reichte ihm die Plastiktüte. Er riss die Tüte mit einem lauten Knistern auf und fing an zu kauen, den Blick geradeaus auf die Fahrbahn gerichtet. Der Stau bewegte sich nicht, und nun machte ich mir wirklich Sorgen, dass wir den Flug verpassen könnten. Vlad bemerkte meine Anspannung, kaute aber weiter stoisch seine Bamba-Chips. Ich dachte an David. Ich wusste, dass ich ihn nie wiedersehen würde. Dann hörten wir die Sirene eines Krankenwagens, Vlad lenkte den Tesla zur Seite, und der Krankenwagen fuhr an uns vorbei.

Eine halbe Stunde später löste sich der Stau endlich auf. Als wir die Unfallstelle passierten, sah ich einen Wagen mit eingedrückter Motorhaube und ausgelösten Airbags und ein Motorrad, dessen Vorderrad unter der Haube lag. Die Straße war übersät mit Glasscherben und kleinen Trümmerteilen, die Insassen des Autos und der Fahrer des Motorrads waren nicht mehr da. Vlad gab Gas, und es dauerte nicht lange, bis wir die ersten Schilder sahen, die die Nähe des Flughafens anzeigten.

Vlad stieg aus, um unser Gepäck aus dem Kofferraum auszuladen, Ekaterina nahm ihren Koffer und ging eilig ein paar Schritte voraus, da sie immer noch in Sorge war, den Flug zu verpassen. Ich wollte ihr hinterherlaufen, doch Vlad packte mich am Ellbogen und sagte: »Deine Schwiegermutter ist ein Miststück. Wenn du eine Zuflucht brauchst, kannst du zu uns ziehen.«

Ich lächelte und flüsterte ebenfalls: »Das ist sie.« Und fügte etwas lauter hinzu: »Danke.«

»Wenn sie bei einem Umfall umkommt und du ein Alibi brauchst, ruf mich an«, sagte Vlad.

»Das wäre schön«, sagte ich.

In der Schlange zum Check-in mussten Ekaterina und ich distanzlose Fragen zu unserer Herkunft und Familie über uns ergehen lassen. Als die Rede auf meinen Mann und Ekaterinas Sohn kam und der kaugummikauende Soldat, der die Aufgabe hatte, unser Terrorpotenzial einzuschätzen, mit bedrohlicher Autorität nachfragte, wo denn Sergej sei, zögerte ich. Ekaterina hingegen sagte, ohne zu überlegen, er warte zu Hause auf uns. Der Soldat ließ uns weiterziehen. Ich musste zur Toilette, Ekaterina wollte nicht auf mich warten und ließ mich allein losgehen. Ich schloss mich extra lange in der Kabine ein und ging betont langsam zur Sicherheitskontrolle. Vielleicht hoffte ich insgeheim darauf, den Flug zu verpassen. Ich legte meinen Laptop aufs Band, kramte meine Handcreme heraus und passierte den Sicherheitscheck. Ich besorgte Wasser und Zeitschriften, die ich ohnehin nicht lesen würde, probierte im Duty-free-Shop Makeup aus und betrachtete lange einen Teddybär, den ich dann doch nicht kaufte. Irgendetwas in seinem Gesichtsausdruck irritierte mich, und ich kam nicht dahinter, was es war.

Schließlich konnte ich am Bildschirm die Gate-Nummer ablesen und wanderte dorthin. Neben dem Gate warteten bereits eine Menge Menschen, die meisten mit neutralem oder besorgtem Gesichtsausdruck, fast keiner von ihnen hatte einen Rollkoffer dabei. Es sprach auch niemand mit anderen Mitreisenden, sondern lediglich am Telefon, und das in den unterschiedlichsten Sprachen. Ich suchte nach Ekaterina, aber sie war noch nicht da, und so setzte ich mich auf einen Platz, von wo aus ich die Landebahn sehen konnte. Kaum dass ich mich hingesetzt hatte, kam die Durchsage, dass der Flug sich verspäten würde. Ein kollektives Seufzen ging durch die Sitzreihen. Neben mich setzte sich ein Geschäftsmann, der ein Sandwich mit Zwiebeln und Hering auspackte und herzhaft hineinbiss. Die Verspätung betrug 45 Minuten, und ich beschloss aufzustehen, um mir einen neuen Platz zu suchen. Nur war jetzt alles besetzt, und meinen alten Platz hatte sich in der Zwischenzeit eine rüstige Rentnerin in gemütlichen Sandalen aus deutscher Produktion geschnappt. Ich lehnte mich an die Wand und schloss die Augen. Aber auf die Dauer war das zu anstrengend, und so wanderte ich wieder durch den Flughafen. Ekaterina war weiterhin nirgends zu finden. Vielleicht war sie an meiner statt verschwunden.

An einem Stand mit Zeitschriften sah ich eine Frau, die von hinten aussah wie ich. Wir hatten die gleiche Größe und die gleiche Statur, ihre Haare waren ebenfalls lang und dunkelbraun. Mein Handy vibrierte. Ekaterina schickte mir ein Foto von der Zeitschrift, in der das Porträt über Sergej erscheinen sollte, und dann noch ein Foto von dem Artikel, auf dem ein großes Foto von Sergej in unserer Wohnung zu sehen war. Ich hastete zurück zum Laden und hatte dabei genauso viel Angst, Ekaterina zu treffen, wie meinen Flug zu verpassen, obwohl ich ohnehin durch die Lautsprecheransage hören würde, wann das Boarding anfing. Nachdem ich es geschafft hatte, die Zeitschrift zu besorgen, verstaute ich sie sorgfältig in meiner Tasche und ging zurück zum Gate. Ekaterina stand ganz vorne und winkte. Ich stellte mich neben sie. Sie fragte, ob ich den Artikel schon gesehen hätte. Ich nickte.

Als man uns endlich einsteigen ließ, war Ekaterina die Erste, die das Flugzeug betrat, und es stellte sich heraus, dass sie auf die Business Class gebucht war. Ich wartete, bis die Schlange sich fast aufgelöst hatte, lief durch den Schlauch und kämpfte mich bis zu meinem Platz durch. Die Menschen, die bereits in meiner Reihe saßen, schauten mich genervt an, als sie aufstehen mussten, um mich zum Fensterplatz durchzulassen. Die Frau neben mir seufzte laut, während sie ihre Tasche von meinem Sitz herunternahm.

Ich lehnte meinen Kopf gegen die Scheibe, nahm die Zeitschrift aus der Tasche und verstaute sie in der Ablage vor mir. »Literature only« stand darauf. Als das Flugzeug sich in Bewegung setzte, starrte ich lange aus dem Fenster, und dann ließ ich mich vom Bordunterhaltungsprogramm berieseln. Doch schon bald ertrug ich es nicht mehr und schaute wieder aus dem Fenster. Wir flogen inzwischen über den europäischen Kontinent, und ich sah die leuchtenden Lichter irgendeiner Stadt.

Nachdem ich mir eine Cola gekauft hatte, holte ich die Zeitschrift raus. Es war ein siebenseitiger Text, der auf unterhaltsame und humorvolle Art von einem Mann erzählte, der nicht nur zu den interessantesten Musikinterpreten unserer Zeit gehörte, sondern von einer unbändigen Leidenschaft für die Musik angetrieben wurde – von einem, der es trotz seiner schwierigen Herkunft ganz allein an die Spitze geschafft hatte. Dabei ging es weniger um Musik als darum, wie Sergej seinen Alltag lebte. Die Autorin beschrieb ausführlich, was er aß und was er trug, während er dies tat, sie erwähnte seine Uhr, aber nicht seinen Ehering. Sie hatte mit einigen Weggefährten Sergejs gesprochen, nur mich hatte sie nicht kontaktiert. Mehrere Musikerkollegen kamen zu Wort, die ich nur vom Hörensagen kannte und die ihn alle als einen ehrgeizigen und überragenden Musiker beschrieben. Auch Ekaterina wurde ausführlich zitiert, und es gab sogar ein Foto von ihr, wenn auch eines, auf dem sie zwanzig Jahre jünger aussah.

Von Sergej gab es gleich mehrere Fotos, die einer Modestrecke glichen. Eines davon zeigte ihn bei uns im Wohnzimmer in einem schwarzen Pyjama und mit nackten Füßen am Klavier – die Journalistin musste also während meiner Abwesenheit in

Berlin gewesen sein. Auf einem weiteren war er am Steuer eines 911 Carrera Cabriolet zu sehen. Sergej hatte keinen Führerschein, aber das stand nicht im Artikel. Selbst der verpatzte Auftritt in Salzburg wurde als Triumph beschrieben und als Beleg für seine Abgründe hinzugezogen. In den Augen der Autorin machte der verpatzte Auftritt ihn zu einem Rebellen.

Nach diesem Artikel würde Sergej keine Probleme haben, auf die Bühne zurückzukehren, und auch Minna würde glücklich sein und würde wahrscheinlich schon bald neue Tourneen buchen. Sergejs Karriere konnte weitergehen wie bisher, wenn er es nur wollte.

Als ich in Berlin ankam, war der Himmel trüb. Ekaterina verließ das Flugzeug als Letzte, ihr Gesicht war entspannt und ruhig. Sie hatte nur Handgepäck dabei, und ich bot ihr an, nicht auf mich zu warten, sondern direkt nach Hause zu fahren. Zu meiner Überraschung nahm sie mein Angebot an. Doch bevor sie ging, fasste sie mich am Arm, obwohl sie mich noch nie zuvor so berührt hatte, und sagte: »Du solltest wieder arbeiten. Etwas aus dir machen!«

Nachdem ich eine Stunde lang auf meinen Koffer gewartet und dabei mehrere Erdnusspackungen aus dem Automaten gegessen hatte, war ich mir sicher, dass meine Schwiegermutter eine kluge Entscheidung getroffen hatte.

Vor dem Flughafeneingang lungerten Männer herum, die Taxifahrten ins Stadtzentrum anboten, einzelne Touristen eilten zum Terminal, und Busfahrer rauchten vor ihren gelben Fahrzeugen. Sobald ich wieder ein Netz hatte, kam eine Nachricht von Maya, in der sie mich fragte, ob ich gut angekommen sei. Die ersten Regentropfen fielen, und ich beeilte mich, in den Bus zu steigen. In der vordersten Reihe saß ein Paar, ein älterer Mann und eine Frau mit ergrautem Haar, die beide in weißes Leinen gekleidet waren. Ich setzte mich nach hinten, möglichst weit weg von den beiden. Berlin zog in Grautönen an mir vorüber.

Vom Bus aus rief ich meine Mutter an und fragte, wie es zu Hause lief. Sie sagte, sie sei bereits wieder in ihrer Wohnung, Sergej kümmere sich um Rosa. Das Paar in Weiß stieg an der ersten Haltestelle aus, nicht ohne sich vorher noch einmal nach mir umzudrehen und mich länger zu mustern.

»Ich wusste gar nicht, dass er wieder da ist«, rutschte es mir heraus.

Meine Mutter schwieg, dann sagte sie frostig: »Er ist schon vorgestern zurückgekommen.«

»Sein Telefon war aus.«

»Das ist doch kein Grund für irgendwas.«

Darauf sagte ich nichts. Ich sah einer Frau mit rotgefärbten Haaren und Tribal-Tattoos zu, die gerade versuchte, mit einem Zwillingskinderwagen in den Bus zu steigen. Ich hätte aufstehen sollen, um ihr zu helfen, aber ich tat es nicht, und irgendwie schaffe sie es auch ohne mich.

»Wusstest du tatsächlich nicht, dass er wieder da ist?«, fragte meine Mutter.

»Doch, ich bin gleich zu Hause. Ich rufe dich später an, ja?« Ich legte auf, noch bevor sie antworten konnte. Den Rest der Fahrt starrte ich auf das dunkle Display.

Vor dem Eingang zu unserem Haus traf ich unsere Nachbarin. Sie versuchte gerade, ihren Säugling, ein kleines pummeliges Bündel, in den Kinderwagen zu bugsieren. Unsere Nachbarin war eine Frau, deren Name das Wort »Christ« beinhaltete und die dennoch manchmal vorgab, jüdisch zu sein. Wobei sie das niemals explizit behauptete, sie warf nur ständig mit Vokabeln um sich, die ihre Zugehörigkeit zur jüdischen Kultur signalisieren sollten.

Sie sah meinen Koffer und fragte, wo ich gewesen sei. Ich antwortete »Israel« und biss mir sofort auf die Zunge. Ihr Gesicht erstrahlte, als ob sie eine Wahrheit kannte, zu der ich keinen Zugang hatte, und womöglich stimmte das sogar.

»Wie war die Brit?«, fragte ich.

»Was?«

»Die Beschneidung.«

»Wir haben ihn nicht beschneiden lassen.«

»Nicht?«

»Hier war so viel Durcheinander, ich habe gar nicht mehr daran gedacht.«

»Nicht daran gedacht?«, ich genoss es, meine schlechte Laune an ihr auszulassen.

»Es war so viel los.«

»Das war es auch während der letzten 5782 Jahre. Wir hatten schon schlimmere Zeiten.«

Sie sah mich mit einem Ausdruck zwischen Mitleid und Abscheu an. Es war schwierig, ihren Blick zu deuten, und ich hastete an ihr vorbei zum Hausaufgang, während sie noch sprach.

Ich klingelte, obwohl ich meine Schlüssel dabeihatte. Im Aufzug roch es nach Pisse, jemand hatte in die Kabine uriniert. »Bessere Wohngegend« hieß in unserem Fall, dass es niemand von der Straße gewesen sein konnte, wahrscheinlich war es der fünfjährige Nachbarsjunge gewesen, der antiautoritär erzogen wurde. Als die Aufzugtüren in unserem Stock aufgingen, stand Sergej in der Wohnungstür. Er trug eine Cordhose und Hausschuhe und hatte einen Gesichtsausdruck, den ich nicht deuten konnte. Ich ging auf ihn zu und blieb vor ihm stehen. Er sah müde aus, unendlich müde. Dann zog er mich fest an sich.